Best Time

白 马 时 光

愿你迷路到我身旁

蕊希

著

Radio

百花洲文艺出版社
BAIHUAZHOU LITERATURE AND ART PRESS

其实从未迷路，

在遇见你之前，

就把人生当作一场自由自在的漫步。

愿 你 迷 路 到 我 身 旁

● 人生不就是这样吗，接受一个平凡而普通的自己。

但也偶尔的，感觉自己像个英雄。

● 人们有时总以为自己失去了什么，其实没有，那些失去的东西，

只是被换了个地方。

它们会以另外一种方式，重新和你相遇。

没有谁的人生是一直尽如人意的，如果真有，我也不希望那是我所经历的人生。

愿 你 迷 路 到 我 身 旁

我是蕊希，很高兴认识你

我从来都不知道我会有着这样大的幸运，直到，我遇见了你。

当你拿起这本书，翻开这一页的时候，我想我的心情一定无比复杂。

在这之前，我从来没有想过我会出版一本书，甚至在我跟出版社签了合同之后，我都很担心，我无法完成它。在我的概念里，写书这种事儿应该是有着极为丰富的人生阅历的人才能够去做的，我怕我没有能力去赋予这本书该有的意义。

所以，从我知道交稿期限的那天开始，我一直都在思考我究竟要写些什么，我希望这本书要表达什么，我期待带给你们的又是什么？

当我一篇一篇文章写下来的时候，不得不说，这个过程让我很尽兴。它让我有机会重新审视过去的那个自己，让我有时间把从前的记忆都摊开来，看看那个时候的我，和故事里的有趣的人们。

我不是一个职业作家，我不懂应该怎样运用技巧让我的文字看起来更加优美，但我相信，你一定会通过这本书，去认识一个你从前并不完全了解的蕊希，和她在节目里从来没有说起过的那些悲喜掺和在一起的经历。

我带着我全部的赤诚把它们告诉你，
我想用这个温暖的礼物治愈你，也治愈我自己。

我不知道当你看完这本书的时候，你会给它怎样的评价，但无论你的感受是什么，我都感激你愿意把时间花费在它的身上。我们就像是许久未见的老朋友，坐下来聊聊天。

这里面的每一个字句，每一张图片，都是我想要送给你们的我所看到的人生和世界。或许我们有着不同的生活态度，但我仍然满心欢喜地，邀请你来我的故事里做客。你可以在任何时间离开，也可以陪我一起走到最后一页，我都由衷地，感谢你来过。

这本书，就好像是我24岁人生中的一个纪念，一份礼物。
我把它送给你们，也送给我自己。

或许未来的某一天，当我再次打开这本书的时候，我会为当初的那个自己而发笑。

但我知道，那就是我在二十多岁的生命里，所拥有的思想和信仰。

它们或许单薄，但那却是曾经被你们和我自己所喜欢着的，真切的我。

这是一篇很短的序言，尽管我还有好多话要对你说，

但当我写到这里的时候，我想让它就此停止。

因为，我们的故事在这一刻，才真正开始。

你猜，你会在这本书的哪一个章节里，找到自己的影子？

又会在哪个不经意间的转折中，怀念起遥远年岁里的自己？

很高兴认识你，我的世界就只差一个你。

有一个名叫蕊希的姑娘说，她愿意一直陪着你。

欢迎你来到我的世界，

之后的路，让我，和你一起。

目录
CONTENTS

目录
CONTENTS

愿你迷路到我身旁

● 如果人生没有那么多的阴差阳错，是不是我们就真的可以在一起陪对方走一段路？尽管我不知道我们能不能够陪对方共度余生，但我总觉得我们之间应该会有一场不错的爱情。

● 喜欢上一个人的时候，我们常常说不清原因。但决定放弃一个人的时候，
却都有迹可循。

01

「人生下来的时候都只有一半，

为了找到另一半而在人世间行走。

有的人幸运，很快就找到了，

而有人却要找一辈子。」

我们都曾有过一场
声势浩大的暗恋

我必须承认，这是一场声势浩大的暗恋。

对他来说，我只是他人生中轻描淡写的一个过客，但
对我来说，他的一切都波澜壮阔。

写这篇文章的时候，凌晨三点。

想起那个爱而不得的人，倒出了一地的回忆。

矫情真可怕，但有时，又好感谢它。

如果一切还来得及，我多么希望自己当初没有放弃。

我多想你能来抱住我，告诉我，你也不愿只做朋友。

两年来，我在公众号和节目里说过好多人的爱情。修成正果
的，无疾而终的，我不愿把它们称为故事，因为那些真实发生过
的，分明就是生活。

在这两年里，很多粉丝都会问我：蕊希，你什么时候也讲讲

你自己的爱情。我想，现在是时候了。

　　我出生在七月，巨蟹座。其实我从来都不相信所谓的星座，但不得不说，在那些对于巨蟹座的定义和判断里，有一条说中了我，无力反驳，我是一个情感极其细腻的人，念旧而多愁善感，很难忘记发生过的事情和曾经深爱过的人，总是莫名其妙地喜欢幻想，期待自己能忘情地进入未知的一切。

　　"宁缺毋滥"一直都是我对感情的态度，因为我知道，人的感情在大多数时候其实都是一种浪费。用在对的人身上，你会变得无畏，不计较付出与得到的比例；用在将就的人身上，瞬间就变成一种你想都不敢想的折磨。哪怕只是一丁点儿的迁就，也都会被放大成你们不再相爱的理由。爱和不爱之间只差一个字，但因为这一个字，很多人都在错过。

　　而这个词，也是我要和你们说的，我的爱情。

　　2008年，在大连，我认识了易先生。一个至今为止，对我人生有着重大意义的男人。这些话，我从来没有对他说起过，所以直到今天我都不知道，他是否感受到自己在另外一个人的心里，竟然如此重要。

　　因为母亲是教育工作者，所以从小到大，我受到的都是极为严格的家庭教育，一路走来也都算顺风顺水。直到中考失利，打破了一个乖乖女对于未来的所有幻想。我从来没有想过0.5分之差这种事情，会发生在自己的身上。然而后来我才明白：人生就是这样的，它从来不会给你那么多的心满意足和如愿以偿，它只会用一次次猝不及防的差错告诉你，不到最后，没有人能预知结果。它只会在你每一个松懈而毫无准备的时刻让你明白，命运永远值得敬畏。

后来，母亲告诉我，她也曾经想过花点钱让我去上一个重点高中，但最终她还是决定放弃这个念头，因为她想让我知道，不会永远有人替我承担失败的后果，而我终归要学会一个人去面对这些人生的考验，也总要明白该怎样对自己的人生负责。

于是，从小要强的我，上了一所很普通的高中。父母失望，我整日颓废。那时候每天的生活就是，没完没了地吃，再没日没夜

地睡。我自暴自弃，我不再惦记自己的梦想。这样漫无目的的日子，过了将近一年。直到有一天，我遇到了易先生。

很多人告诉我，没有谁会遇到完全符合自己想象的那个人。所以很早之前我就认为，真正爱上的那个人，一定不是能被填满我所有期待的空格的。

然而，爱情哪里是一种能够被人牵着鼻子走的东西。它才是这个世界上最让人看不懂猜不透的，你永远别想知道它会帮你把下一颗棋子落在哪里。

然后莫名其妙地，我遇到了。虽然我并不知道，这是幸运，还是不幸。

易先生的出现，让我在那样年少的时候就开始相信，爱情是可以让人充满力量的。所以虽然我并不提倡早恋，但我不得不说，在我的观念里，学生时代的那种青春萌动的、单纯的喜欢，有时候会变成一种敦促，它会让你变得跟从前不一样，变得希望自己更美好起来。

易先生和我有着共同的目标：做主持人，去北京，考上所有学播音的孩子都梦寐以求的学校。因为相同的兴趣和人生理想，我们成了很要好的朋友。每天中午待在一起，讨论学习，闲扯八卦。我们一起去高中校门口那家简陋的小店吃简单的午餐，我们一起以各种听起来正当的理由逃过午睡。我们在那些街头的小酒馆里，对着一张张破饭桌，聊着我们的热血梦想。我们口出狂言，我们不羁，但对于梦想，我们却都是认真的。

你知道吗？我多想有一天，他能带我回到那里去，回到那些破旧的小店，对着那些我们曾经发过毒誓的酒瓶子和掉落的白色墙皮，说上一句"谢谢"，就当，还愿了。

我多想那些真实存在过的日子，从来没有丢失过。

认识我很久的朋友都知道，我有过身材严重走形的时期。任由别人怎么说，我都没有动过减肥的念头。我自暴自弃，觉得反正也没有人会在意，但爱情就是一种特别神奇的东西，它总会把你所有认为的不可能都变成现实。

因为易先生的缘故，为了让他能对我的好感增加哪怕一点点，我下定决心开始了极为痛苦而艰难的减肥日子。那种感觉，和我有过相同经历的人，一定都能体会。没办法，我打小就是一个特别要强的孩子，只要我决定做一件事情，我一定不达目的誓不罢休。虽然后来很多事情向我证明这也许并不是一种很好的性格，但不得不说，为了他，我还是减掉了30斤的肥肉，我的样子变得好看。我留起了长发，梳起了当年满大街都是的非主流式的齐刘海，我开始很认真地读书，我像他一样，成为老师们口中的好学生。

　　说实话，当我现在再回想起来的时候，我并没有因为后来成绩多好而感到怎样的骄傲，反而我觉得，那时为了一个喜欢的人而奋不顾身努力做出改变的自己，还挺酷的。

　　让自己喜欢的人，看到自己美好的样子，还有什么比这更令人开心的事情吗？

　　在我人生最低谷的阶段，因为易先生，我变得好像有了那么一点不同。

　　虽然我并不希望接下来这一切的发生，然而，人生路上的转折来临时，由不得你愿不愿意，你只能学会接招。

　　在一切都看起来还不错的时候，他离开了。

　　其实，也并不是突如其来的。他比我高一年级，所以从喜欢上他的那一天开始，我就清楚地知道，他会先我一步离开。而他就是那个抽中了上上签的人，他去了北京，那个我们曾经无数次提起的地方。我替他高兴，可能那种感觉并不亚于他父母多少。我眼看着他的努力没有白费，又要眼看着他离开。所以你说，我到底是该开心还是难过？

　　以前我一直觉得，我们那所学校好大，从教学楼到校门口，要走上好久。但当他走出去的那天，我蒙了，我还没有看够的那个人，竟然没几步就消失在我的视线之内。

那天我看着他，难过了好久，却始终没让眼泪流下来。

你看，先走的那个人总是可以轻而易举说走就走。先动感情的那个人，只能留在原地，故作镇定。

从那时候开始，我瞒着我的心，不再说一句有多喜欢他。也从那时候开始，我瞒着身边所有的朋友，又喜欢了他好久。只是，所有的这些情绪，我都对他只字未提。我装出一副满不在乎的样子，以看上去最保险的朋友的身份，前前后后，喜欢了他五年，又好像更久一点，谁知道呢？

一个人突然离开的那种感觉，我不知道你体会过吗？那感觉就好像是，你很喜欢的一件衣服不知何时掉了一粒扣子，你找啊找啊，可就是找不到它。然后你试图去寻找一粒和它相近的，但还是以失败告终。还能怎么办呢，没了就是没了。已经走了的人，哪有那么容易回来。

他离开后的那年，我们很少联系。一方面我只剩下最后的时间冲刺高考，我必须为了和他考上同一所大学而努力；另一方面我知道，他所在的大学是一个我完全未知的环境，开始了我暂时没有办法触及的生活。而且，我也无法想象，他会不会爱上一个谁。可是，最后发生的，是我唯一没有想到过的可能。

命运再次捉弄了我。

一年以后，阴差阳错地，我去了广州。我至今都清晰地记得最后他打电话给我时的语气和手机那边可以感知到的温度。那种感觉，我记得，任我怎么忘，都忘不了。

如果说，在那之前我还对我们两个人的未来存有一丝幻想。那么当我知道我将又一次和他身处两地的时候，我就知道，不可能了。

人生好像就是这样，它把你捆绑，又不许你反抗。这一次，我认了。我开始很努力地生活，尽管我并不知道，那是为了远离他，还是为了有朝一日能与他重逢。

你知道的，忘记一个人往往比爱上一个人要花费更长的时间。我没日没夜地想他，走路的时候看到皮肤很白的男生，我想他；吃饭的时候，吃到我们曾经一起点过的食物，我想他；看书的时候，看到和他有着相同名字的主人公，我想他……那种想念，浸入我生活的每一处缝隙里，就算我试着提醒自己逃离，但它还是无孔不入地生长着。

为什么，当一个人已经离开，那种爱的感觉反而会变得更加深刻而强烈。是因为爱而不得，还是因为心里仍然存着一种失而复得的幻想？

然后，所有的感情会在一个时间点爆发，再之后，慢慢地燃烧到消失殆尽。仿佛那中间的一切，都好像从来不曾发生过。

几年之后，一次偶然的机会，我去了趟北京，那个在我们的交谈里出现过无数次的地方。如果我没记错，是他先约的我，想想还是挺高兴的。和从前一样，我们去了一家不起眼的小店，点了满满一锅的鸡公煲。那是我第一次吃，也是最后一次。别问我为什么，有些事情，就是没有原因的，就像当年我爱上他一样。

我是个东北姑娘，但我基本不喝酒。一是觉得那东西对身体没好处，也并不觉得有多好喝；二是我总觉得女孩子喝酒也是一件不太安全的事情，所以能不碰就不碰。但是那天，久别后的那次见面，我喝了。喝得不多，但印象中自己当时还是喝得晕乎乎的。那时候似乎借着酒劲儿跟他说了点儿什么，但也都是些无关紧要的。掩饰了多少年的喜欢，即使借着醉意，也还是没有勇气说出来，也是够笨的。

可能应了那句话吧，害怕连朋友都做不成，所以就只好选择用最安全的关系爱着。但如果现在你问我，喜欢一个人要不要表白？我一定会毫不犹豫地告诉你：去啊！马不停蹄地去啊！爱他你不告诉他，非要等到黄花菜都凉了的时候，再让自己悔不当初吗？这个世界上，就是有那么一种人，就是要等你先主动啊。做什么朋友，朋友有的是，我要的是恋人，我不能忍受别人把你抢走啊。而且，即使被拒绝了，又能怎样呢？大不了尴尬一段时间，总不至于真的就此决裂吧。

人活一遭，除了吃饭睡觉之外，留给我们去体验爱的时间真的没有多少。而在那些仅剩的时间里，我们要的不是没完没了因为胆怯而错过，而是，抓住每一次可以用力相爱的可能。生命太短暂了，把时间都浪费在犹豫和徘徊上，不可惜吗？

你相信吗？有些人是会在时间的洗礼后，重新产生交集的。以前，我不信。

直到一年前，我应聘成功，和他到了同一个地方工作。直到

有一天，我在隔壁的直播间看到他，我信了。

我们像所有许久未见的老朋友一样，打招呼相互问好；我们像所有许久不见的老朋友一样，侃大山聊从前；我们像所有许久未见的老朋友一样，感叹着时光飞逝的那几年……而我，还是像从前一样，装作曾经的一切都没有发生过，装作我眼前的这个人真的只是一个许久未见的老朋友，装作我只是做了一场很长的梦，醒来的时候，他还在我的面前，在我的世界里。

我好像装得很辛苦，但我又好像很幸福。

我记得我曾经看到过一段台词是这样说的："暗恋多么的羞涩懦弱，暗恋是自己走进去之后，没找到出口而被困住的爱情。

开始是我自己，但什么都不知道的他，如果有一天突然离开我的视线的话，就会被动结束，这就是暗恋。一次也没萌芽开花，所以不敢梦想果实，像是淋湿的嫩芽一样的爱情，这就是无可奈何的暗恋。"

必须承认，这是一场声势浩大的暗恋。对他来说，我只是他人生中轻描淡写的一个过客，但对我来说他的一切都波澜壮阔。我不怪他，我知道，这不是他的错。

不得不说，我算是幸运的，因为我们曾经有过那样多的交集和共同的回忆。也正是因为这些，才让这场暗恋不至于显得太过悲壮。

自始至终，我都没有勇气捅破那层纸糊的围墙。甚至直到今

天我都不知道，他曾经有没有那么一刻感受到我对他如此热烈的
喜欢。

　　朋友说，他又不傻，怎么可能不知道。

　　嗯，但愿他知道。起码这样，会让我感觉自己那几年的爱更
有意义。可我又希望他不知道，这样我就不至于太难过，至少那
证明了他是因为不知道我的喜欢，所以才忍心一直做朋友。

　　他知道，还是不知道，重要吗？不重要了。

　　当你成为某个人的重要角色，也就意味着，你必定是另一个
人的过客。

　　有些人的出现，就是用来怀念的。

　　至少值得庆幸的是，那些年我们一起去过的小酒馆的破饭
桌们，听到过那么多我们掏心掏肺的实话和那样认真的梦想，
足够了。

　　至少，他是真的陪我走了一段好长的日子，至少是他让我摆
脱掉了曾经的那个颓废不堪的自己，让我重新捡起被人践踏的信
心和我一度以为无法实现的梦想。

　　日本作家东野圭吾这样形容暗恋：明知没意义，却无法不执
着的事物——谁都有这样的存在。

虽然现在，爱与不爱都不再重要了，但我仍然感恩于他，他始终是我生命中特别重要的一个人。我爱他给我的相遇和离开，我爱他。我恨他给我的这场漫长的爱而不得的爱恋，我恨他。

现在，我们都长成大人了，不一样的大人。

风轻轻吹过，我看着他的脸，不说话。

当初爱他，你后悔吗

我高估了自己对感情的控制能力，也低估了我对他长久以来暗自滋长的情感。有时候喜欢和分别一样，都蓄谋已久，也都莫名其妙地，毫无理由。

那个曾经让你不顾一切的人，还在你身边吗？如果这个问题让你稍有迟疑，我想应该是已经不在身边了。没关系，或许，有些人就是要在你的生命中走过一遭，然后留下些美好，或煎熬。

"如果没有我，你的世界会简单些。"

"但是失去了你，我的世界将不复存在。"

你说，24岁的人生要经历几场恋爱，看起来才算合适？

很多人告诉我，忘记一个人最好的方式，就是爱上一个新人。以前我觉得这些都是套路，是一种看似有道理但却无力的安慰。

这段感情我很少跟人提起，但在我心里这是无论如何用力都擦不掉的过去。其实，很美好。

你知道，当人站在一个遥远的地方，重新直面记忆，其实并不是一件很容易的事情。但好在，我有这样的勇气。

2013年，七月末，北京。我认识了梧桐先生。

毫不夸张地说，他是我迄今为止遇到过的最帅气的男生，我觉得只有他那样的长相才有资格被称为男神。更重要的是，他几乎满足了我对一个男人全部的幻想。直到今天，我认识他已经快五年，作为很好的朋友，我都没有在他的身上找到什么致命的、让我不能忍受的缺点。

有时候人会有这样一种心理，当对方太优秀、太完美，即使你也不差，但你还是从一开始就根本不敢去动喜欢的念头。甚至，觉得连靠近都心生敬畏。

缘于一场活动，我们两人被同时选中。从互相端着架子到变成关系亲近的朋友，我们用了一个月的时间。我和他还有几个要好的朋友，因为实习的关系住在一起，从早到晚，缠绕着对方的生活。

我们平摊房租合住，他带我去吃各种少有人问津但味道一流的小店。我们一起坐双层巴士的夜班车，他带我去那些我曾经去过，但因为有他而变得不一样的地方。我们无数次面对面地坐着，没有时间概念地聊着对未来的畅想。我们用朋友的关系，经历着一段茫然、不知所措而有人分享和倒苦水的日子。

两个人的默契见长，尽管这样，对我而言却还是打心底里逼着自己不把对他的感情往爱情上靠近。那时候我以为，从友情到爱情，只要保持安全的距离，就能克制得住。而一旦跨过那条分界线，能再退回原位的，就真没有几个人了。

遗憾的是，我高估了自己对感情的控制能力，也低估了我对他长久以来暗自滋长的情感。所以直到后来，身边的朋友问起我，是从什么时候开始喜欢上他的，我都没有办法给出确切的答案。

这样看来，有时候喜欢和分别一样，都蓄谋已久，也都莫名其妙地毫无理由。

我像所有把喜欢藏在心里的人那样，偷偷地完成一次又一次对他的情感升级。越是在意，越是用力遮掩和假装。那是一个羞于谈情说爱的年纪，又或者，潜意识里知道爱得太炽热，反而对未来不知所措起来，最后选择了对深爱的人说谎和躲藏。本以为那会让自己更轻松，但个中苦涩，恐怕只有经历过的人才最明了。

人这种生物都有趋利避害的本能，我们懂得从过去里总结经验、学会如何规避错误和风险，在不断的得失里，逐渐习得管理自己内心和处理幸福的能力。所以渐渐地，我很享受这样的过程，虽然偶尔也会感到辛苦，但我明白，人不应该一直把自己活成一副郁郁寡欢的样子。

后来，他在北京，我在广州。分隔两地。

想念的时候，就连一起吃一顿饭的机会都不会有。而手机，是我和他之间维持熟悉的唯一途径。远距离最让人无奈的就是，很多事情只能猜测，无法深究，更枉论感同身受。你说心情不好，你说你发烧感冒，你说今天看了一场很棒的音乐剧，你说晚上的极端天气吓得你蜷缩在被窝的一角……你说着，他听着。但除了一句安慰，似乎就再也给不出更多实质的帮助。

我总是很认真地告诉自己，没关系，他一直都在。他会经常找你聊天，遇到有趣的事情会第一时间跟你分享，他甚至会把一张全班第一的论文成绩单拿出来向你炫耀……所以后来我才明白，说男人有时候就像小孩子，原来这是真的。

有时，我真讨厌那些铁轨和航线，它让原本重要的两个人拉开了距离，只能靠想象来填补时空的缺口。但又幸好，我们生活的这个年代，交通如此便利，它让分离轻而易举，也让相聚变得更有意义。

我会因为实习和工作的关系，偶尔进京。他接我，请我吃饭，领我参加活动，带我看演出，帮我安排好所有的行程。每次都是，无一例外。而那种好，曾经一度让我感到恐惧。我心里明白，这个世界上就是有那么一种男人，他擅长对身边所有的人好。这不是他的错，只是，对动了情的那个人来说，这会是一种巨大的误导，错把暧昧当深情。

一次偶然的机会，在他一位很要好的朋友口中，我似乎获悉了一些他对我的情感端倪。我开心，内心却更加挣扎。在爱情里，我们都希望对方能给出一个确切的答案，至少得有个痛快。但是，我没有。

哦，对了，其实在这场感情里，我挺勇敢的，我表白了。

虽然是被他逼的，他没完没了地问我，任由我怎样回避都没用。为了不让他以为我

喜欢的是另有其人，我只能承认，是他。在说那些话之前，我做好了所有的心理准备，想到了每一种向他宣告喜欢之后的可能。接受或者拒绝，似乎无论是其中的哪一种，我都有能力承担。

可是，这两种情况都没有发生。

我一直觉得自己是一个情商还挺高的人，但在那个时候我发现，原来女人在投入爱情后智商为零这句话，真是一点儿也没错。

在生活里，我总是扮演着一个情感专家的角色，我知道如何开导别人，我擅长通过那些细枝末节的变化判断两个人感情的走向。然而当我转换角色成为故事的主人，我却没有办法用任何一种理论劝说自己。

"当你的深情不被在意，那它就没有任何意义。"

这是我曾经写过的一句话。自那次表白过后，一切如常，我开始慢慢从这段莫名其妙的感情里抽身。我所担心的尴尬并没有发生，而那种说出来的解脱也真的让我感到无比的轻松。我想我很幸运，至少没有被拒绝，至少还是和从前一样做着要好的朋友。

我感谢自己的勇敢，也感谢他没有给出任何答案的处理方式。这段关系，自始至终，他给我的都是快乐。而在这个过程中所产生的偶尔的痛苦，我也相信，都是更加快乐的基础。

　　我喜欢这样的自己，不计较付出，也懂得看人眼色，你不领情，那我一定及时收手。

　　他是我所相处过的最细心也最体贴的男生，他可以把身边的一切都处理得恰到好处。和他在一起，我永远不会感到害怕或者产生丝毫的担心。他走在前面，我就放心地跟在后面。信赖这东西，挺难得的。

　　我珍惜那种感觉，所以我愿意聪明一点，把自己拉回到那条友情和爱情的界限之外。

　　所以如果你问我，找到一个符合自己内心标准的人重要吗？我一定会特别坚定地告诉你：不重要。因为太多的人生经历告诉我们，你以为的并不一定就是真实的，当你喜欢上一个人，你会觉得他什么样子都是好的，因为，他就是爱情的模样。

　　对于这段没有结果的爱情，身边很亲密的朋友都会问我："你就不遗憾不后悔不感到可惜吗？"我说一点都没有是假的，也不现实。但也只有一点点，我只是会在突然之间的一个晚上，感觉到心里的阵痛。伤感一下，然后又立刻把自己拽回清醒的状态里。

这大概就是我的爱情观吧，我其实挺讨厌自己为了一个人而不吃不喝、要死要活，我总觉得人应该活得更加豁达一点，我们都应该活出一种淡然达观的气质。这种气质会让我们免受一些命运苦难的折磨，会让我们拥有一种"我很好"的气场。久而久之我们会发现，生命中的很多原本让我们大惊小怪的事情，其实是微不足道和不值一提的。

更重要的是，我一直相信我们生命里出现的任何一个人，都是有意义的。命运把他在某个时间点安排在你身边，虽然大多数时候并不一定让他以恋人的身份陪你到最后，但一定会在潜移默化间留给你些什么。

如果你问我，他和这段感情给我最大的收获是什么。

我想，是开阔。是他让我明白，爱一个人最好的状态就是，轻松自在。

认识他之后，我有了很多之前没有过的经历，他给我提供了很多看问题时的不同角度，他让我知道"阴差阳错"未必就是人生里的遗憾，那些被我们诟病和厌恶的错过或者过错，到了最后，都是成全。我们没有考上那所理想的学校，我们爱而不得的那个人，和我们失之交臂的人生机遇，这些对于当下的我们来说不可接受的种种，会让后来的我们感激不尽。

于是，我们开始明白，每个人的人生里都有一项重要的课题，就是接纳。

接纳阴差阳错，接纳分道扬镳，接纳自己和别人的不完美，接纳劫难，也接纳力所不能及的一切。这不是认输，而是一种智者的能力。人要学会在必要的时候放自己一马，要让原本脆弱而渺小的自己，变得辽阔。而爱情，我想我更愿意把它定义为一场角力，棋逢对手，势均力敌，才能体验斡旋带来的成长与磨炼；也是一种轻描淡写的相遇，是经常去对方的世界做客，欣赏那个世界里的他和自己，不纠结不执着，舒适而快乐。

这个世界上从来没有那么多的一见如故和无话不谈，不过是因为我喜欢你，所以你说的话才有意义，所以你的过去我才会关心，所以你喜欢的东西我也才会感兴趣。你让我听的歌，我都觉得是你的心意；你口中的电影，我都觉得它一定有着某种深意；你说的那些风景，我才会觉得好美丽；而这一切，不过是因为，我好喜欢你。

我曾经看到过这样一段话："有的爱是指甲，剪掉还会重长，无关痛痒。而有的爱却是牙齿，让人无法自拔。折磨人的不是别离，而是回忆。你站在原地，以为还回得去，可是世上有成千上万种爱，从来没有一种，可以重来。"

我和梧桐先生的感情，如果非要用一个词来概括，就是——暧昧。

永远处在不清不楚的状态里，似乎两个人都能够清楚地感受到某种磁场的存在，但就是始终没有给出一个明确的结果。后来我也不止一次地问过自己，我想，应该是不够喜欢吧。

不过，都已经不重要了。人总要在一次次的跌倒和站起之间，掌握一种爱的能力。他不爱你，不是他的错，也不是你不好。

只是因为"你并不是我想要找的那个人"。

没关系，我祝福你，也祝福我自己。

我知道，他一定会看到我的这本书，会看到我现在正写下的这篇文字。

其实，我曾经无数次幻想过，他会在一个一切如常的晚上突如其来地发来一条信息，只有两个字："爱过。"

我曾经无数次幻想过这样的画面：找一间我们刚好都很喜欢的清吧，在晚上九十点钟或者更晚的时候，我们就那样安静地面对面坐着，我盯着他的眼睛，问这个问题："我想你告诉我，为什么那么喜欢你的我，对我那么好的你，最后只是朋友？"

这些，我都想过。

我曾经那样迫切地想得到一个答案，但当这篇文章写到这里的时候，我发现，我不需要了。我忽然明白，他是对的。没有结果，可能才是最好的解脱。相比一句"爱过"或者"谢谢你"，我更加需要的，是这个难得的朋友。

我曾想过，我会一直在你身后，你也无需回头，尽管我是那样地渴望，你能转过身来，看看我。

我试过，也把心意真实地表达过，那就让我们之间所有关于爱情的种种，都留在从前吧。我知道，我们还是会和从前一样，毫无芥蒂地继续做朋友，像什么都没有发生过，像我从来都不曾对爱情失望过。这样，就很好。

"我要把你的影子，加点盐，腌起来，风干。
老的时候，重聚一桌，下酒。"

你是我最遗憾的"爱而不得"

我想躲进你的怀里，把我所有的温情都给你。

在你不知道的那些时日里，我爱你已经胜过爱我自己。

如果我们的生命真的是一场轮回，那么下辈子，我要做你。

写这篇文章的时候，我看了一眼时间，凌晨两点。

躺在床上听薛之谦的歌，那是你特别喜欢的歌手，你说你一直在等一场他的演唱会，你说你一定要买最贵的票在距离他最近的地方听他唱歌。你说他一定是有一个无比深爱的女人，才能写出那样戳心的歌词，你说他每次都能唱出你不敢表露的故事。

只可惜，你故事里的主人公，不是我。

今晚和你见了一面，回到家，我怎么也睡不着。印象中我已经很久没有因为想念一个人而失眠，现在看来，打乱我生活的人，总是你。

距离我们上一次见面，已经快两年了。庆幸的是，你还是老样子，一点儿也没变。这个和从前一样的你，多少让我有些欣慰，我总觉得这样我就可以告诉自己，其实你从来不曾远离我的生活，我眼前看到的这个你和两年前的那个你，是同一个。

人很奇怪，明明不敢说出真话，却又总是渴望被别人读懂和看透。你喜欢他，你想和他在一起，但你从来不敢说。你怕他知道你的喜欢，又怕他不知道你的喜欢，更怕他知道你的喜欢却装作不知道。然后你爱得压抑，爱得从不声张。

我们总是愿意跟自己较劲，我们猜想，我们犹豫，我们虚伪地假装。我们以为只要这样，就可以看上去更快乐一点，以为只要这样，我们就可以慢慢翻篇然后把这个人忘掉。只是，这个世界上根本就没有彻彻底底的忘记，有的只是淡忘和隐藏。那个得不到的人，会永远在我们心里，再大的风浪也吹不散。

当有人和你再次提起，当你再看到他的消息，当他时隔多年再次出现在你的面前，你就会知道，用心爱过的人，是没有办法遗忘的。你提醒自己，别矫情别胡思乱想猜忌他的心思；你告诫自己，活在过去的人是没有未来的。可是，从你意识到他就是你软肋的那一刻开始，你就已经知道了，你必将不会轻易逃脱的事实。

这次见面，是我想象过无数次的场景。他坐在我的对面，我看着他的眼睛。那是我曾经最想去的世界，但遗憾缘分不凑巧，我们没有做恋人的可能。我看着眼前这个熟悉得不能再熟悉的人，我知道，如果终究无法得到，那么早晚都要归于陌生的轨道。

我不知道你会不会也是这样，当你喜欢一个人喜欢到骨子里，你就无法控制自己不去打探他的消息。你会看他的朋友圈、看他的微博，甚至是他身边所有亲近的朋友的，你试图在每一个细节里挖掘出你不知道的东西。这是你了解他靠近他最直接也最稳妥而不被发现的方式，你沉迷于这种打探，然后给自己制造出一种"我们是很亲密的人"的假象。

但实际上，得不到就是得不到，当那个人不给予你回应，那么你就该明白，其实你永远不会真的懂他。每个人都有一面，是不会让其他人看到的，这就像是那些只有通过特殊方式才会在纸面上显现出来的文字。你不是他的那个"特殊方式"，所以你看不到他最不为人知的故事。

我常常在想，如果人生没有那么多的阴差阳错，是不是我们就真的可以在一起陪对方走一段路？尽管我不确定我们就是彼此最合适的那个人，尽管我不知道我们能不能够陪对方共度余生，但我总觉得我们之间应该会有一场不错的爱情。

之前有位听众问我：蕊希，你觉得"我们从来没有在一起过"和"最后我们没有在一起"哪个更遗憾？

我回复她："我们从来没有在一起过。"

写到这里的时候我就在想，今晚和他见面之后，我之所以会失眠，就是因为我的不甘心和我满心的遗憾。在落笔写这篇文章之前，我把我们两个人从相识第一天的样子，一直回忆到这次见面。在此之前，我以为我已经不再对他存有爱情，但所有的情绪还是在这个晚上爆发出来，防不胜防。

因为从来没有在一起过，所以永远无法真正将他从心底里剔除。他是你最想在一起的人，但他却是不可能跟你在一起的人。你甚至都不知道，他对你的感情到底是什么。

朋友们总跟我说："你去问啊！就直截了当地问他，你有没有喜欢过我！问句话会死吗？"

对啊，问了又不会死，可是有些话如果从一开始就没有打算问过，那么这句话就只会随着时间的推移，被挂上一个越来越重

的秤砣，等你再想问的时候，早已有心无力了。

你不会知道这一晚你所看到的我平静的面容下隐匿着的是一种怎样的情绪，我怯懦我不勇敢我没有失去理智的冲动，尽管这一晚我不止一次地需要它们。

所以就算在这次见面之前，我早就做好了说清楚一切的准备，大不了连朋友都做不成，但直到我下车说了再见，我都还是没有说出一个字。是谁说的爱能让人勇敢？爱分明就是让人畏首畏尾。

不过转念一想，也好，从来没有在一起过的好处就是永远不用担心会分开。因为我不是你最亲近的人，所以也不用害怕我们变得比从前更生疏一点。没有相爱，就没有落差。这样，也好。

我记得有位阿姨跟我说过这样一个道理，她说："你要记得，在我们的生命中出现的每一个人都是有原因的，他不会无缘无故地来，也不会无缘无故地走。折磨了你让你难受的人，是因为上辈子你欠了人家的，这辈子人家来找你偿还。你犯下了错，就要认账。给你幸福让你快乐的人，是他今生来还上辈子欠你的债。所以从来就没有什么有失公平这一说，该是你还的你总要还清，别人欠你的自然也会用你不一定看得到的方式补偿给你。人生是守恒的，来来去去看似平常，实则都自有定数。"

听别人讲道理的时候，我们总是频频点头，认同我们所听到的话。只是大多数的人都擅长钻牛角尖，但凡有点儿风吹草动，又会立刻陷入怪圈里，任凭别人如何费尽口舌地劝说，都无济于事。

从前，我是一个特别多愁善感的人，一丁点大的事儿都能被我联想出一堆人生哲理，对方不经意的一个动作也能让我一直不停地琢磨和寻味。时间久了之后，我发现我并不喜欢这样的自己，生活没有那么不尽如人意，也不是事事都在跟我们作对。想念再疯狂，也都只是我们一个人的兵荒马乱。对于不被爱的人来说，好像对方的任何一个举动都会变成一场制造伤害的战争。可事实往往是，所有爱与不爱的证据都是我们自己的臆想和单方面的垂死挣扎。

我们总是擅长放大自己不被爱的悲伤，却忘了，其实在我们不被自己爱的人爱着的同时，也有人正不被我们爱着。有时候会觉得爱情特别像食物链，总有要败下阵来的时候。

和他在一起的时间总是过得特别快。

这个晚上，在和他见面后的这个晚上，我一直失眠到现在。我知道，明天我还是会像往常一样吃饭工作谈天说地，就像今晚我从来没见过他那样，就像这个晚上我踏踏实实地睡了一个好觉那样。我不会让任何人看出我的悲伤、想念和难以忘怀。我只会在这个所有人都已经沉睡了的晚上，一个人敲下这些文字，然后当作什么都没有发生，继续生活。

我会如旧日一般地发一条朋友圈，里面写着一段其实只为了让他看到的文字。我会如旧日一般地和他聊天说话，就算内心有再大的波澜也不会让他看到。我会如旧日一般地在他恋爱了的帖子下面点赞祝福，虽然我希望那幸福是给我的，但我也是真的希望他能够得到他想要的幸福。

我们每个人的生命中都有这样一个人，他是你最爱的人，也是你最想忘记的人，是你越想忘记，越难以忘记的人。有一天，这个人可能会从你的生活中消失，但你知道，他会一直在你心里。

写这篇文章之前，是我最脆弱的时候，我不知道是深夜容易滋生想念的缘故，还是因为所有的情绪都因为这次见面一览无余地展现出来。我给我一个很要好的朋友发了一条微信，问她什么时候回北京，我跟她说，我好难受。

现在，我似乎平静了很多。

虽然想念还很汹涌，但至少，我认识现在的这个自己。

我知道，其实人生的很多事情，都是注定，没有人可以强求。

这篇文章，我写得很慢，断断续续，一边写一边想起很多过去的事儿。

从窗帘的缝隙看过去，好像，天已经亮了。

嗯，就把想念留在这里吧，

这才是它们，最应该留在的地方。

我们还是会见面寒暄，还是会面对面坐着聊起从前。

我们还是会以朋友的身份跟对方说"好久不见"，

我也还是会把他放在我心里最隐蔽也最骄傲的位置。

我还是会在未知时日里的某个深夜，突然想念他。

然后，我还是会在想念过后默默地告诉自己，

有些人，正是因为得不到才美好、才重视、才弥足珍贵。

和他见面的这天晚上，回到家，我在朋友圈发了这样一段话："我们都曾为一个人莽莽撞撞到视死如归，最后却发现，他潇洒闯荡，退场得漂亮。不爱我又能奈你何，真实的世界本来就多的是阴差阳错。我会陪你一起老去，在你看不到的地方。"

对你的感情还没有收口，但这篇文章是时候该收尾了。

想了很久，结束的这句要写些什么。

你说，最后的最后，我们会有故事吗？

会离开的人总要离开，不如好聚好散

把怀念弄得比过程还长，这无法证明我们的痴情，
只会让爱情里的我们越来越不堪一击。

我见过分手后的苦苦纠缠，也见过被抛弃后的痛不欲生。

我们都以为拼命挽留可以完成一次情感的救赎，却忘了，当一个人决定离开的时候，该是怎样的坚决和不留退路。

单方面苦苦支撑的感情，不是坚持，而是煎熬。与其让自己沉溺在悲伤的气氛里，不如大大方方放开曾经紧握的手，还两个人自由。

爱与不爱，没有原因，也没有对错。我们总要在人生不断的得失之间学会"忍痛割爱"。

别卑微地求对方留下，也别犯贱地去寻找导致你们分道扬镳的蛛丝马迹。一个人不爱你了，你的好也会变成让他无法忍受的理由。

"人生就是一列开往坟墓的列车，路途上会有很多站，很难有人可以自始至终陪着你走完。当陪你的人要下车时，即使不舍也该心怀感恩，然后挥手道别。"

我们每个人身边的位置都是限定的，有新人要来，自然就有旧人要走，这本身就是很正常的事情。当我们把生命中离别的痛苦无限放大，也就意味着我们在过度消耗着自己的元气，让那些本应满心欢喜迎接的新阶段变得无力。

无论一段感情以怎样的结果收场，我们都该心存感激。因为能去那个人的世界里走一遭，就已经感到很满足。是那个人让你看到了一个全新的世界，一个你从来没有想过的无比期盼的世界。他让你的生命有所不同，也给了你新的可能。即使因为种种原因不能走到最后，也该给对方一个由衷而美好的道别。

曾经相爱过的人，是不应该计较的，何必挣扎，何必留仇？

我祝你拥有美好的前程，你祝我重新获得你无法再继续给我的爱情。

爱的时候就拥抱亲吻付出全部，不爱了就开始各自的生活，给对方祝福。

我们总是在不会爱的年纪里，遇到想爱一生的人。然而弄巧成拙，也只能无奈接受。我们总说是前任消耗掉了那个青春正好的我们，我们用"人渣"用"浑蛋"来形容他们，好像所有问题的根源都是因为对方。我们急着撇清自己，以示自己在这段感情里的忠贞，可是力的作用是相互的，我们要明白，任何一个分崩离析的结果一定都不是一个人可以造成的。所以千万别去埋怨对方负了你的深情，就算做不到彼此还是朋友，也别让他成为你的仇人。

后来被我们憎恶的那个前任，其实和最开始的时候我们逢人就忍不住夸耀的，是同一个人。我们何必因为爱情不在了，就撕破脸地制造出一个让两人都难堪的僵局呢。

如果换个角度去看，其实是那个人给了我们助力，才让我们进化成了今天这个不再脆弱也更懂爱的自己。正是因为他的离开，我们知道了什么是对的人，什么是不合适的人。更何况，两个人在一起的时候有过那么多美好的回忆，因为毫无保留地爱过，所以也就没有什么遗憾可言。

一段失败的感情不是让我们用来苦大仇深哭哭啼啼的，而是让我们学会，未来要如何做一个合格的伴侣和一个值得被对方珍惜的爱人。

白岩松说过一段话："二十年过去，你会更知道生命是怎么一回事儿，四十八岁的一天要比二十八岁的一天过得快多了。二十八岁时觉得还有大把的时间可以浪费，到了四十八岁时就知道很多没有价值的事情就不要去做了。年轻的时候觉得什么都该得到，但到了这个岁数你就会明白，得不到是天经地义的，得到是纯属偶然，得不到太正常了。"

从来没有人告诉过我们，有谁会保证一直陪我们走到生命的终结。失去是我们每个人生命中最常见的事情，得之坦然失之淡然。如果你能陪我走到最后，那我感激不尽，也一定将我全部的爱都回馈于你。如果你对我说抱歉，那也没关系，我祝福你找到你的意中人。

单相思是没有意义的，你想再多，他也不会领情。

如果你失恋之后就是整天捧着照片哭或者跟闺蜜诉苦，那你只会被更大的悲伤包围，越来越无法抽身。而对方呢，你说他薄情也好，说他没有丝毫的留恋也罢，他开始了新的生活，而你被他甩在了身后。

我也失恋过，也不解过，也浑浑噩噩过。可是最后，说到底这些都是在伤害自己。

让自己忙起来，就可以少一点时间想念，这是我亲身验证过的真理。每天少想他一点，慢慢地，你就会发现，失恋好像也不过如此。

你的依依不舍深仇大恨，不会让他对你有任何的负罪感或者丝毫的怜悯和疼惜，只会让他瞧不起你，让他证明自己的了不起。

相反，你要过得比和他在一起的时候更好，你要给自己更明媚的生活。你要让他知道，失去你，才是他最大的损失。当然，更重要的是，你要活给自己看。人是需要精气神儿的，你越快乐也就会有越多的好运气，你越愁眉苦脸，也就越容易陷入落魄的境地。

爱能让人长出勇气来，不爱也是。一段失败的感情不应该成为你的阻力和软肋，而是让你生出更强大的力量，成为你坚强的铠甲。

后来的我们都会明白，无论我们想不想，该离开的人总要离开。

我不想和你说再见，但如果有一天，你真的站在我面前，跟我说，你要走，那我也一定不会挽留。

再见，不远送。

"对"的人总是
比较晚才遇到

每个人都是单行道上的跳蚤，每个人皈依自己的宗教，
每个人都在单行道上寻找，没有人相信其实不用找。

——《单行道》

我见过很多有情人终成眷属，也见过不少半路离场。我知道
这个世界上的有些人就是足够幸运，可以恰好遇到一个心满意足
的爱人，谈一场不用担心谁会提前告别的恋爱。我也看过分手的
人越陷越深，哭着闹着说再也不相信爱情。这些，我都见过。

爱情到最后，无非两种结局，分开或者在一起，没有谁可以
逃得过。只是，在一起的人未必就像我们看到的那样幸福，分开
的人也未必注定孤独。时间会替我们安排好很多事情，有人幸运
得一开始就遇上了，有人一路跌跌撞撞。

我们都在爱情里受伤，也成长。多年以后，我们都会发现：

当初没有在一起，也好。

用概率来算，往往"对"的人，总是比较晚才会遇到。

我一直相信，爱情是有时间性的，早一步或者晚一步都不行。它是一种讲求节奏的东西，胡来的后果就是支离破碎，无法如人所愿。而在感情里摸爬滚打过几个来回的人，也会明白，爱情不是找来的，而是碰上的。它很调皮，喜欢跟你捉迷藏。

就好像是在生活中，我们找手机找钥匙找一件想穿的衣服，你找啊找啊，越找不到就越着急，越着急就越找不到。这样的事情发生了几次之后，我们就开始知道，哦，那我干脆先不找了。然后不知道什么时候，莫名其妙地，那些你寻找的东西就出现了。而这跟我们寻找爱情，是同样的道理。

《玻璃樽》里有句台词：人生下来的时候都只有一半，为了找到另一半而在人世间行走。有的人幸运，很快就找到了，而有人却要找一辈子。

我不知道你有没有发觉，好像生命中的很多时候我们都在寻找，拼命寻找，生怕速度慢了，我们就会错过些什么。看到别人有，我们就眼馋，也想赶紧得到。所以我们浮躁，我们急于求成，我们不知道自己究竟想要什么，只是一味地在寻找，甚至在模仿着他人生活的轨迹。

　　我们想要从失败的恋情里解脱出来，我们想和身边那些情侣一样腻歪在一起，于是我们三天两头地问朋友有没有单身的男生可以介绍。父母家人都说我们到了适婚的年龄，该考虑找个差不多的结婚对象了，于是我们从一开始对于相亲的抵触和反抗，变成了顺从和接受。不知道从什么时候开始，我们不再特立独行，不再遵从自己内心真实的愿望，而是随波逐流地效仿着别人的爱恨情仇。

　　可是我们都忘了，越想得到的东西，就越是难以得到。

　　因为有句话说："生活就像一盒巧克力，你永远不知道你会得到什么。"

　　命运总是习惯了和我们作对，不按常理出牌。

　　感情的事情向来是强求不来的，你越是急功近利想要拼命抓住什么，它就越是闪躲越是不敢靠近。

　　阿舒是我工作之后认识的最好的朋友，虽然我们不像上学的时候那样每天黏在一起，但有什么事情一定都会第一个告诉对方。在陌生的城市里，两个离家的小姑娘能成为无话不说的好朋友，真挺难得的，所以我们一直很珍惜对方。

　　我们两个人在很多方面都挺像的，都要强都努力，都想着好好工作挣钱孝顺父母，为人处世的观念也都还很相近，性格上也彼此投缘。但只有一点，我们不同。

她是一个特别能谈恋爱的人，身边从来不缺男朋友。今天这个，明天两人分手了，她马上又能再换一个新的，而且每一次都是她自己找同事朋友帮自己张罗介绍对象，所以在我的印象里，她好像没有什么空窗期。在她的人生观里，谈恋爱谈恋爱，就是要多谈才会知道合不合适，才知道什么是最适合自己的，才能碰到自己最喜欢的那个。所以她总是主动地去寻找，一直不停地找，她觉得之所以还没有碰到对的人，只是因为自己找的还不够多。

仔细想想，对于多谈这事儿，好像也没有什么错。感情这东西，你情我愿，也没有什么不妥。但我是那种典型的宁缺毋滥的人，不遇到好的，绝对不会轻易开始一段感情。有时候我也会觉得自己有点儿太谨慎了，没有必要非得做那么多的限定，也会觉

得她说得有道理，总要谈了，才知道什么是自己想要的。但是说来说去，在这个问题上，我们两个总是很难达成一致。不过，如人饮水，冷暖自知。每个人的活法儿不同，也就没有对错之分。

老杨，是她的第N任男朋友，也是她到目前为止谈得最长久的一个。更邪乎的是，这个人是她在大街上认识的。

那天阿舒一个人去太古汇逛街，她这个人走路的时候，你永远不知道她脑袋里在想什么，好好的平地也总是能把自己绊着，所以跟她在一块儿的时候，我老是被她吓到，我也总是打趣说她四肢不发达。

而她和老杨的相遇，就是因为她又一次不小心把自己给摔了。

听她说她脚上比别人多长了一块骨头，好像叫作"复周骨"。就是不小心崴脚的时候，会比别人的疼痛感要强，也更敏感和难恢复。

当时老杨刚好路过，就顺手扶了阿舒一把，看她一瘸一拐的样子，又踩着双高跟鞋也没法走路，于是就说扶她到门口打个车送去医院。后来我才知道，其实老杨那天是开了车的，但怕阿舒一个姑娘多想，也是出于尊重和减少阿舒不必要的担心，才选择了打车送她去医院。

　　然后，这么一来二去，两个人就聊上了。后面的故事，自然也就顺理成章。

　　其实想想也挺神道的，如果不是发生在我亲闺蜜的身上，我一定不会相信这样的套路会在现实生活中上演，真是不得不感叹缘分的奇妙。

　　现在，阿舒和老杨，还在一起腻腻乎乎地爱着。看着两人的架势，感觉是奔着天长地久去了。前段时间我们见面，阿舒也跟我说，老杨跟她求婚了。她说她谈过那么多场恋爱，喜欢过那么多个男人，也有很多人给过她这样那样的承诺，可是从来没有一个人如此认真地给她一次求婚。

　　我看着她现在的样子，比自己被求婚还要感到幸福。

　　后来她告诉我，遇到老杨之后，她突然开始明白：爱情不是靠数量取胜的，而是靠质量。就算谈了几十个，也抵不上一个真正有分量的。而爱情也不是一种可以拿去被比较的东西，它不应该被我们盲目地追求，随意拿来享受然后丢弃。爱情应该是一种态度，是机缘巧合，是"终于等到你"的那种幸福。

　　阿舒跟我说："谈过这么多的恋爱，每一次都用心，每一次都在消耗自己。等我真的遇到一个想要用力爱的人，却发现自己已经有些力不从心了。就像那句话说的，当我遇到你的时候，我已经不是那个最好的自己了。所以有时候，我也会觉得自己对不起老杨，我应该给他更多的他值得拥有的爱。还好，道理明白得不算晚，一切都还来得及。"

你看，人的感情也是有容量的，经不起那么多分分合合再重新相遇的折腾。

真正有缘的人，不需要我们死皮赖脸地寻找。

爱情是我们一生当中最美好的东西之一，我们要善待它，敬畏它。

它不是可以抢来的，也不是可以轻易就被我们找到的东西。

《半生缘》里有句话：我要你知道，这个世界上有一个人会永远等着你。无论是在什么时候，无论你在什么地方，反正你知道总会有这样一个人。

遇到一个"对"的人概率很小，

但我们都会遇到。

02

我是一个悲观主义者，

对任何事情都抱着最坏的打算，

但只有一件事情，我深信不疑——

我们一定都会遇到一个人，

他爱你如生命。

恋爱不是战场，
单身不代表阵亡

一个人的生活从来都不容易，你必须自己去面对那些
难关和挑战，你也必须学会隐忍和承担。
你要迈开步子往前走，别难过，也别回头。

梭罗曾经在《瓦尔登湖》里把单身生活称作"你最好珍惜的
时光"。

他说，这是人们最后一次有机会体验"和任何人都没有任何
感情交集的时刻"，而这个时刻往往转瞬即逝。

我常会收到很多听众发来的留言，他们问我最多的问题就
是："分手之后，我总是控制不住地想念他，我已经无法习惯一
个人的生活，我很痛苦，我该怎么办？"面对这样的问题，我从
来都给不出一个最正确或者妥帖的答案。因为我知道，真正困难
的不是忘记本身，而是你根本就不想忘记。这就和"你永远也叫

不醒一个装睡的人"是一个道理，你自己都不愿意主动地去删除一些东西，别人说再多也都无济于事。如果你自己都觉得单身很可怕，那它就会真的很可怕。真正的遗忘是不需要用力的，你只有承认一段感情的失败，才能感受到单身到底意味着什么。

我也经历过那样的阶段，两个人的生活变回一个人，那种感觉就好像是你身体里的某一部分在突然之间被抽空，而你只能束手无策，然后一个人消解失恋带来的所有伤痛。

我们似乎特别害怕失恋、害怕离家、害怕说再见。不是因为我们真的有多受不了分别，而是我们害怕那种有人陪的状态被打破，害怕一个人。你喜欢宅在家里，饿了就叫外卖，绝对不会孤零零地去吃大餐。你不再逛街看电影，生怕身边一对对情侣让你尴尬或者想起他。爸妈总是催你去相亲，总问你为什么一直单身。朋友也不停地问你，为什么还不开始新的恋情。

我们接收到的所有来自周遭的信息好像都在告诉我们，单身是可怜的可悲的，甚至根本就是错误而不值得歌颂的。好像成群结队、出双入对才是最好的一种状态，好像所有单身的人都是异类。

然而，一个人的生活，真的有那么差劲吗？

为什么我恰恰觉得一个人的日子，其实也可以很快乐？

你不必去顾及别人的感受，喜欢吃辣就去吃，喜欢做极限运动那就去完成挑战，喜欢看文艺片也不必为了迁就别人而选择看科幻，不想出门就宅在家里一整天，不必为了讨好谁而失去独处的时间。这个世界上从来就没有非爱不可的人，也没有谁是必须要被陪伴的。

从小到大，我们被教育着要成为一个会说话懂得与人沟通和相处的人，但很少有人告诉过我们，其实在这之前我们更应该具备和自己对话，跟自己友好相处的能力。不惧怕单身，不担心独处，不依赖谁也不依附谁。

从小时候凡事听从父母的意愿按照他们铺设的轨迹生活，到谈恋爱后为了对方磨平自己的棱角收起本性去生活，再到结婚生子后为了家庭和孩子屈就现实……我们好像总在无奈之间活成了另外一种样子，我们不像自己，也从来都不是自己。

很多人鄙视单身，觉得单身就是被剩下就是没人要。可殊不知，单身时候的自己，一样可以生活得很好。想去健身练腹肌你就去，想去学习烹饪烘焙就去学，你想做的任何事情都可以在单身的阶段里去完成，没有人可以阻拦你，也没有人会成为你的牵绊。我们总要把自己修炼成更好的样子，才能以更好的面貌站在喜欢的人身旁。

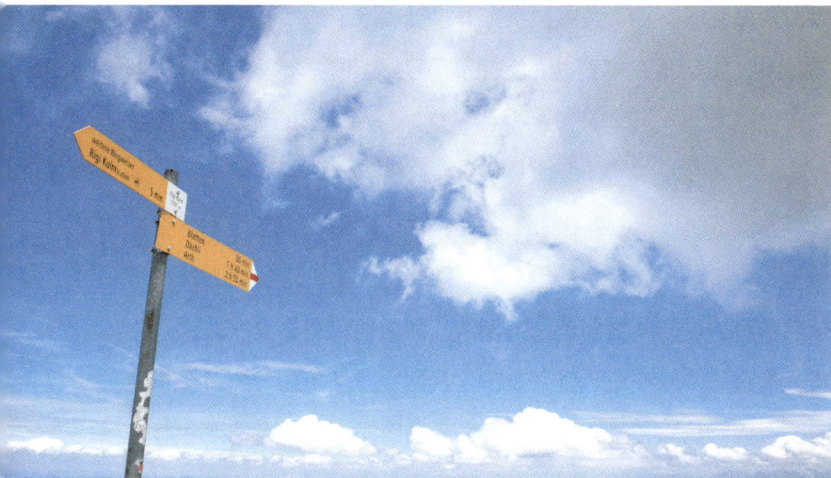

　　单身应该是一种孤傲的姿态，分手就分手，你觉得我不好那你就去找你觉得更好的人，至于我是什么样的人，我要过什么样的生活，你也不必再过问。

　　我曾出过一期节目叫《单身是最好的增值期》，想表达的意思大家从字面也都能够理解。也许我们都一样，都会有这样的感受。一个人的时候期待着另一个人的出现，摆脱单身的状态。但真正两个人在一起了却又怀念一个人的潇洒自由无拘无束。好像这样的状态根本就是人类骨子里的一种特性，总是对现状不满，总是想着"要是那样该多好"。就像萧伯纳曾经说过的那样："想结婚的就去结婚，想单身就维持单身，反正到最后你们都会后悔。"

因为人生是没有两全的，我们都是幻想家，都特别喜欢给自己的人生做假设。可是，人生没有如果，经历什么就要承受什么。

为什么我们就不能在人生的每一种状态里，平静地去享受独属于那个阶段的美好呢？单身的时候向往恋爱，恋爱的时候又想做回单身，这样的后果就是，任何一种乐趣我们都没有完全体会到，永远在患得患失，不轻松也不知足。

当然，我们必须承认，独自生活也确实会有很多难处。而那些难处的根本就在于不管你闹出什么样的烂摊子，你都不得不自己一个人负担和清理。当下的我们可能会觉得那是一种可怕的体验，但事后我们一定会明白那就是成长的意义。

我很喜欢这样一段话："不要过分依赖谁，或者花很多心思去猜度身边的人对你是否真心。一个人生活不会死，体会孤单是成长的必修课，谁都要经历。如果有一段实在是没人陪你热闹同行，你要对踽踽独行的自己说，走过这段就好，前面有更棒的风景和更好的人等着。"

这个世界向来都是残酷的，生活给你的磨难就在那里，与你是单身还是正热恋着并无关系。生命也不会因为你的形单影只和手足无措，而给你多一点的情面和机会。单身不是噩梦，单身是礼物，你会在那段日子里变得与众不同。

恋爱不是战场，失恋了单身了也不代表阵亡。

生活也从来没有变得容易，而我们却必须更有力量地去面对生活，你必须自己去面对那些难关和挑战，你也必须学会隐忍和承担。即使一个人，也要迈开步子往前走，别难过，也别回头。

余生很长，要和相爱的人在一起

一份好的爱情不是你卑微到尘土里，
而是，你是你自己，他也爱那样的你。

常常有人会问，该怎么判断一个人是真心想跟我交往，还是只是消遣寂寞地来撩我。其实这个问题很简单，一个人爱不爱你，你一定可以感受得到。那个人是真心还是假意，全在细节里。如果你看不清，那就只能说明你已经被那份表面炽热的感情蒙住了眼睛。如果你都觉得他不够爱你，那么实际上，他对你的爱远比你以为的那些，还少之又少。

当一个人足够爱你，你就一定可以感受到这份感情的安全，你会特别坚定地知道，他不会离开你。反之，如果你犹豫了，如果你模棱两可找不到答案，那你心底里也应该知道两个人最后的结局必定不会是皆大欢喜。

　　这个世界上的有些人，就是有本事可以把虚无的事情说得天花乱坠，用各种好听的话搪塞你，让你误以为那就是爱情。殊不知，爱情总让人盲目，再简单的道理到了自己身上，好像也变得生涩难懂。

　　所以我一直觉得，不论是男人还是女人，在任何一段感情中最重要的一点就是——不要被爱情冲昏了头脑。

　　我是一个在爱情里会毫无保留付出的那种人，因为我觉得这才是我对这段爱情负责任的一种态度，是对对方的尊重，也是给我自己深情的一份交代。可我也知道，人是会受伤的，受伤了之后就会害怕，就会失掉一些曾经拥有的勇气，就会胆怯会懦弱，不敢爱下一个人。可是，这对于晚到的那个人来说，是不公平

的。我们不能用过去的伤，去惩罚迟来的爱。

后来我开始明白，爱情其实并不是一种绝对感性的东西，它需要理智也需要思考。所以在我们竭尽全力去爱对方之前，应该先做一件事情，冷静地看看清楚自己对他是爱，还是只是病急乱投医的冲动。看清楚对方对你是真的动情，还是只因孤独让你陪他一程的玩笑。

人们总说婚姻不是儿戏，要为自己的选择负责。

难道，恋爱就可以儿戏吗？我们不能因为恋爱的时候没有那一纸契约，就觉得可以由着自己的性子胡来。

现在的爱情，来得快去得也快。说句"我喜欢你"就能在一起，说句"我对你没感觉了"就分道扬镳。在这个一切都快餐化的年代里，好像爱情轻易地来了又去，很多人也并不以为意。父母说好，就在一起；朋友说好，就在一起。可是，你自己觉得呢？人是一种有感情的动物，而感情，不应该被随意地对待。

在我们生活的城市里，地铁、公交、商场、饭店，这些地方每天都人满为患，表面看上去大家都成群结队，但事实上，我们都在单枪匹马地生活着。我们渴望陪伴，也渴望被另一个人读懂。只是有的人不愿将就，有的人并不把每段感情都当真，这是每个人的选择。如果是我，我会等待一个对彼此都愿意交付深情的人。因为我知道，假使你从一开始就抱着试一试在一起的态度，只是想找个人陪自己打发寂寞的时间，那么大多数的结果都不会尽如人意。爱情是一种随着时间的推移会逐渐消磨的东西，刚开始就不够爱，之后大抵只会越来越不爱。余生那么长，我只想找个爱的人在一起。

有句话是这样说的："迅速地爱上，谁都会。真正艰难的是，就算经过相处你发现对方不完全是你看到的那个完美的伴侣，但你仍然愿意选择原谅和包容那些瑕疵，长久地喜欢着。"只是，这样的境界又有多少人能够做到。所以，相比想爱就爱的尽兴所带来的快乐，我还是更喜欢两个人的真心相待。虽然这样也并不一定就能得到美好的结局，但起码我们知道，彼此是真心爱过对方，是没有遗憾也没有悔恨的。

那么，究竟什么样的人，才是真正爱你的人？

真正爱你的人，不是每天对你说无数遍"我爱你"的那个，不是说要带你去喝啤酒吃炸鸡小龙虾的那个，不是发短信让你记得吃药盖好被子多喝水的那个，不是打电话让你半夜下班回家在路上注意安全的那个，不是情人节对你说"节日快乐，我永远在你身边"的那个，也不是你工作中遇到困难在电话里安慰你几句的那个。

　　而是你说今晚想吃什么他立刻订好座位领你去，你生病了，他买药递到你手里亲自照顾你，你加班到深夜他去接你，你心心念念的东西他变成惊喜送给你，情人节的时候他瞒着你出现在你的面前陪你，你遇到麻烦和瓶颈的时候，他跟你一起分析帮你一同解决。是愿意支持你的理想，跟你一起经受所有的考验和苦难，是珍惜你们在一起的每一个简单的时刻的那个人。当别人问起你的时候，你可以毫不犹豫地说出"我们是认真的，他很爱我"的那个。

　　我知道，没有人会轻而易举地遇见一个满分的爱人，也没有多少人可以一下子找到那个最知冷知热秉性相投的人。可是，我们不能因为他不好找，就将就着随便找。

我希望当我们开始一段感情的时候，是因为自己真的确切地感受到了爱意，而我也能真切地体会到你对我的情谊。我们不是自私地为了自己的欲望和需求，不是为了找一个呼之即来挥之即去的人，而是成为我们彼此都认可的同行者。我们不随意交付自己的感情，但如果你就是我要找的那个人，那我也一定竭尽全力；我们的内心是虔诚的，哪怕未来我们因为某些原因要分开，但只要想到这份真诚，内心也依旧是美好和祝愿。

希望我们都能遇见这样的一个人：

"体谅你的不容易，接纳你的不完美，深爱你身体里的每一部分。"

但我们遇到这样一个人的前提是，

我们先要成为这样的人。

与其沉溺在旧爱留下的悲伤里无法自拔，不如站起身来掸掸身上的泥土，好好生活。

我希望我们都能在遇到真爱的时候，对那个人说：

"我喜欢你，并不是因为你的条件有多好，而是在遇见你的那一刻开始，我就知道，你将是陪伴我走过一生的那个，我确切地相信着，这辈子，我只想和你相守着度过。"

　　余生很长，记得找个爱的人在一起。

　　无论如何，都别将就。

就算再喜欢，
也别做第三者

很多时候，我们都不知道自己想要什么。
于是就会误以为，别人要的就是自己要的。

小时候，我们总是特别眼馋别的小朋友手里的糖果和玩具，那会儿不懂事儿的我们会去要甚至去抢。后来，长大了一点的我们就知道了，那些要来抢来的东西，终究不是自己的。上学的时候，我们看着身边的朋友学钢琴、学舞蹈、学声乐、学画画，我们就想着自己也该和他们一样掌握全面的技能，于是刚开始我们总是热情度很高，可到头来不过都是半途而废。后来我们才发现，别人喜欢的未必就真的适合自己，自己未必真的喜欢。

因为我们并不了解自己，所以大多数时候我们都在盲从。我们以为别人喜欢的，就是我们喜欢的。我们觉得能得到别人拥有的东西，会带来更多的成就感。只是，真是这样吗？

有很多听众都问过我这样一个问题："蕊希，我喜欢一个人，但是他/她已经有对象了，我控制不住自己对那个人的情感，我该怎么办？"

通常情况下我对粉丝的提问，都是持相对中立的态度。因为我觉得自己并不了解对方感情中全部的细节，所以不应该通过几句话就对一段感情做出判断或者给一个明确的指引。但在面对这个问题的时候，我的答案向来都是坚定的——就算再喜欢，也千万别做第三者。

这种伤人伤己的事情，对任何一方都没有好处。至少在我见到过的所有真实案例当中，我看过对于爱情无比坚贞不为所动的原配两个人，没有哪个第三者最终会获得圆满的胜利或者确切的幸福，即使刚开始两个人在一起了，也没有谁真的就能走到最后。

我承认，喜欢上一个人的时候，是没有理由的，是说不清道不明的。甚至有些人是在动了情之后，才知道对方原来是有伴侣的。这就是我们人生中本来就存在的、无法如愿以偿的事情，我们不能保证自己爱上的每一个人都是单身，都是恰巧也爱自己的。可人生就是这样，我们必须直面它，我们必须学会在某些生命的时刻，捏碎心里一些可能会伤害到别人的念头，然后决绝地断了自己的后路。

爱情其实是一种不听人使唤的东西。有些时候，我们无法选择自己会爱上谁，但我们能够做到的，是控制自我感情的走向。都是成年人了，有些错误的感情，在还来得及的时候，就该及时选择收手。这是对自己的尊重，也是对别人的尊重。

但好像我们都习惯了，非要在吃尽了苦头之后，才明白这些早前就已经知道的道理。每个人的经历都是有限的，我们为什么一定要把时间都浪费在一个不可能的人身上？这可能就是爱情最可怕的地方，明明知道不会有结果，或者说明明知道那不一定是个自己想要的结果，却还硬是要往前冲。

我相信，任何一个无论是主动还是被动成为第三者的人，内心一定都是有悔意的，一定知道自己这样是不对的。没有人真的愿意去插足别人的幸福，当一个人人唾弃的小三。可是，爱情又总让人误以为我们的大脑不受自己的支配，好给自己的错误找一个看上去不那么丑陋的借口。

我曾经听到过这样一种观点："只要是还没结婚，只要法律上还没有认可，那就没有什么所谓的第三者，因为那个不被爱的人才是真正的第三者。"第一次看到这个观点的时候，我震惊

了，难道我们的三观已经沦落到这样的境地了吗？吃饭等车看电影等，我们生活中几乎所有的事情都是要排队的，都有先来后到，感情也是一样。如果两个人不爱了，他们自然会主动地选择分手，用不着一个第三者以一副想要抢占主权的方式来告诉他们"看吧，你们根本没有多爱对方"。我们谁也没有资格为自己的不道德找一个如此拙劣的借口，我们谁都没有权利以一个"我才是真的很爱你"的第三者的身份去试探原来两个人的爱情。

还有一些人可能会说："说不定，他也喜欢我啊，那我们岂不就是两情相悦了。"可是，在这场三个人的战争里，为什么一定要把自己的幸福，建立在另外一个人的苦不堪言之上呢？

我一直觉得，换位思考，是解决生活中所有问题的一个特别好的办法。当你遇到一个状况，不知道该怎么办的时候，那么就试着把自己换到另外一个角度，再去看这个问题。如果你和你的另一半好好地谈着恋爱，不管你们的关系怎么样，不管你们的爱情有多牢固，你希望你们当中出现第三者吗？你希望突然出现一个人来打破你们原本的平静吗？我想，对于大部分人来说，答案都是一样的。我们都不想给自己的感情留下污点，我们都期待可以拥有长久的爱情，就算一定要分开，也不是因为什么狗血的剧情。

所以，己所不欲勿施于人。

　　这世界上的男人女人那么多，我们可能恰好喜欢一个有对象的人，但就算再喜欢，也请尽可能地把那种感情好好地藏起来。这种不露声色可能会让我们的内心备受煎熬，但也可以让我们自己和他人都免受更大的伤害。

　　或许，你也经历过或者正处在这样的时刻。你喜欢一个人，但那个人已经属于别人。你痛苦，甚至怨恨，恨自己为什么没有早一步遇见他。但是没办法，有些人就是只能看着，却无法得到。人生里这样的事情太多了，只是我们总喜欢去渴望自己没有得到的东西，而忘记了自己也曾幸运地拥有过很多。

　　我们的人生是有出场顺序的，而且这个顺序很重要，也只有"刚刚好"的那个才是最好的。再喜欢又怎样，人总要有自己最基本的原则和底线，有些事情就是不能做的，有些窗户纸就是不可以捅开的。我知道，很多时候我们无法压抑自己内心的情感，但至少我们应该把那种爱限定在一个合理而安全的区间内。你可以默默地看着，不动声色地喜欢着。但请千万不要放弃自己最后的尊严和做人的底线，这是赢得他人尊重和自爱的最基本的东西。第三者这种费力不讨好的角色，能不当，还是不当的好。

　　我们都不必高估自己的长情。喜欢一个人是一瞬间的事情，不喜欢也是。没有人会一直喜欢一个喜欢着别人的人。因为爱是需要回应的，因为爱不是一个人的事情。不要总以为自己会一直喜欢某一个人，我们谁都不是圣人，我们谁都不可能愿意做那个永远见不得光的单恋着别人的人。所以，只要你不说，那份爱早晚有一天会慢慢消解。与其去喜欢一个已经有对象的人，不如放过自己，去寻找一个真正适合自己的人。

爱情和人生里很多其他的东西都是一样的，就算你再喜欢，你也不可以为了一己私欲而放纵自己的情感。人之所以为人，就在于我们可以掌握和控制自己的情感。我们必须时刻清楚地知道，什么是要大胆去追的，什么是要懂得克制的。

我们都特别喜欢和自己较劲，也都喜欢钻牛角尖。我们总是在自己得不到的事情上面，格外争强好胜。可是，最后伤得最严重的，也一定是我们自己。有些道理，不一定非要等到自己吃了亏的时候才突然醒悟，人生没有那么多时间可以让我们一次次犯错，再一次次重蹈覆辙。

这个世界上从来就没有那么多的"如你所愿"。

而到最后我们都会发现，其实正是那些无数的"阴差阳错"才让我们变得温润而丰盛。

错过从来都不是过错，是成全。

只要最后是你，
晚点也没关系

我们都一样，谁不是翻山越岭去相爱。
只要最后那个人是你，那我再等多久都可以。

我是一个悲观主义者，对任何事情都抱着最坏的打算，但只有一件事情，我深信不疑。

——我们一定都会遇到一个人，他爱你如生命。

就算受过再多感情的伤，对于这一点，我也毫不怀疑。

我希望，你也一样。

TA永远值得我们为之等待。让我们知道，从前所有一个人挨过的艰难，不过是为了遇见那个对的人，而真爱无论到什么时候，都不算太晚。

我们都一样，谁不是翻山越岭去相爱。

只要最后那个人是你，那我再等多久都可以。

我算得上是一个思想成熟比较早的人，也并不排斥在上学时谈一场恋爱。我总觉得两个人相互喜欢能让彼此变得更好，一个人到两个人，对于生命状态会有更多元而丰富的理解，能够给双方更坚实的力量向着共同的目标努力。虽然我没有在大学之前谈过恋爱，没有经历大人们口中应该被打压的"早恋"，但说实话，我的内心是遗憾的。我遗憾的不是没有和当年暗恋的人谈一场恋爱，而是，我错过了一段人生，一段独属于那个年纪的、在后来的时日里永远无法体会到的爱情。

如果有一天，我有了自己的孩子，我会在他青春发育期的时候告诉他："我允许你在人生的任何阶段喜欢一个人，也会为你被人喜欢而感到高兴。但有一点你要明白，那就是，无论在什么时候你都要有能力为自己所做的选择和你的一切行为承担后果，你必须知道什么能做，什么是一定不可以做的。我希望不管何时，你都能在爱情里保持善意和真诚，为对方也为自己。你可以悲伤，可以哭泣，你也会感受到爱情的快乐和甜蜜，但所有的这些，都是你自己的。我能做的，就是与你分享。"

人这一生中大概会遇到约2920万人，两个人相爱的概率是

0.000049。我难以想象这个相遇数字的庞大，也难以想象这个相爱数字的渺小。更难以想象，今天不经意从我们身边走过的那个人，可能此生都不会有再次相见的机会。我曾经写过一句话："再见"的意思不是"再也不见"而是"再难相见"。不是不想、不是不能，而是，有些人错过就错过了，没有重新再来的机会。难过也好，遗憾也罢，这就是我们的人生，就是芸芸众生中我们每个人都在经历的各自的生活。

所以，喜欢一个人这本身就是一件极为不易的事情，茫茫人海里的暗自心动，还有什么比这更美好的呢。

喜欢和年岁无关，我从不认为年轻的爱情就应该被人们贴上"草率"和"不负责任"的标签，我反而觉得，越年轻的时候爱情越可靠，虽然没钱没房没车没事业没未来，但起码，那时的心动和爱意都是真的。相比我们所追求的丰腴的物质生活，相比我们越来越多对于这个世界的贪婪，那种不掺和任何杂质的单纯的互生好感，才是我所听过见过的最珍贵的东西。

在我们年纪还小的时候，我们听不懂大人们口中的许多道理，甚至不屑于听那些道理。我们觉得他们所说的那套成年人的理论都是不对的，都是骗人的，可是后来也长成大人的我们终于知道，他们说的其实都是我们必须要面对的现实和人生，只是小时候的我们总是更愿意自顾自地沉浸在自己世界的价值观念里。

"等你长大了，你就知道这个世界的残酷了；等你长大了，你就知道你有多单纯了；等你长大了，你就知道我们所处的这个时代是多么复杂和不近人情了。"我们听了太多这样的话，却很少有人跟我们说生命本身所被赋予的美好和人性本来的善意。我们处处提防，时时绷紧神经生怕伤及自己，但这并不是我们真正想要和相信的人生啊。

我们总说不想长大，不是因为我们不想承担生活的重担，而是我们还不想和那个什么都不懂但却活得最通透的年纪说再见。

我们相信爱，相信真善美，相信这个星球上的所有存在都是为了让我们的生命更加充满意义。

而这些也就是我所说的为什么未来我不会去阻拦我的孩子在他还不够成熟的时候去喜欢别人，去恋爱，去淋漓尽致地体会人生。因为等到有一天我们变得足够成熟的时候，变得懂得权衡利弊分析得失的时候，我们就会发现自己同时失去了生命中另外一种特别宝贵的东西——勇气。

但我，不想失去它，我知道，你也一样。

相比"在最不懂爱的年纪，遇到了想爱一生的人"，"那年明明互生欢喜，却不曾走到过一起"会更让我遗憾和心痛。

所以不管我们正处在怎样的人生阶段，我都希望，我们能永远保持对于生命的热忱、对于生活的热爱、对爱情最干净纯粹的期待，和对探索未知人生的勇气与好奇。

人的一生会经历太多场相遇、重逢和离散。

"生活就像是一个巨大的停车场，我们每个人身边的位置都只有那么多，有的人要进来，就有人不得不离开。就这样兜兜转转过去很久之后才发现，有很多人，即使曾经朝夕相处、把酒言欢、不分你我，却还是在某次不经意的再见之后，就真的无法再

见。"这是人生的无奈，也是它的玄妙所在。来不及思考，来不及阻挡，甚至来不及道别，当旧人要走，那新人必定已经走在来的路上。

我们都不能难过太久，我们必须心怀感恩地像什么都没有发生一样，继续努力生活。因为人生最令人着迷的地方就在于，你永远不知道今天会发生什么，会遇见怎样的人，会和哪些故人重逢，又和谁告别说了再见。

你还记得曾经你喜欢过的、喜欢过你的、陪伴在你身边的那些人吗？

如今，他们还在你身边吗？

我热烈地爱过别人，也被别人充满诚意地追求过，也有人曾陪我走过了一程，但却中途退场，从此陌路。这些人，现在大多已经离开了我原本相互交集的生活，但是，我感谢他们。相比"相遇"而言，我更感谢他们教会了我如何正视"分离"。分离不该拖泥带水，不该满腹怨言，分离就应该是"如果跟我道别之后你能过得更好，那么我真心实意给你我全部的祝愿"。

人都有一个自己很难意识到的通病，我们不愿意承认，但它却存在于我们每一个人的心里，那就是贪心。开始我们只是渴望对方注意到自己，多看自己一眼；后来我们希望得到更多的理解和包容，我们试图霸占对方的物质、肉体和精神；最后，面对分别的时候，我们又在质问："为什么你不能多爱我一点，为什么你会变得不再爱我？"

我们都忘了，最开始的我们不过是想让对方多看自己一眼。其实变了的不是对方，而是，我们自己。是我们的心态变了，是我们的贪念在作怪。

"只因人在风中，聚散不由你我。"人生的分分合合其实早有定数，与其丢下面子竭力挽留，倒不如大大方方地任由那个人远走，也算是给自己的未来一个能够被珍惜的可能。爱应该是一种让我们都变得更好的东西，相比苦苦挣扎，我们更应该学会接纳。接纳生命中的那些不完美，和所有离散的结局。

我们普通，我们平凡，我们没有什么特别。
但我们都会遇到这样的爱情——
"与君初相识，犹如故人归。"

我们翻山越岭，我们风尘仆仆，我们只差一个跨步的距离。
就在那一刻，我终于相信，这个世界上永远有个人，值得我为之等待。

从那个，久违的拥抱，开始。
嗯，只要最后是你，我等多久都可以。

03

人生不就是这样吗，
接受一个平凡而普通的自己。
但也偶尔的，
感觉自己像个英雄。

用自己喜欢的方式
度过一生

永远活在别人眼里的结果是，
你照样取悦不了所有人，
而你却会越来越看不清自己。

"人活着最重要的目的就是要自己喜欢自己。"

这是之前在看《面对面》的时候，一位运动员说过的话。

这个世界上有两种人：一种是按照自己喜欢的活法儿自在地活着，另一种是活成别人喜欢的那种样子，戴着假面喜欢伪装，不是自己。

有人问过我这样一个问题：你觉得男人和女人最大的区别在哪里？这是一个挺大的问题，如果要我给出一个第一时间想到的答案，那就是——大多数男人更像自己，大多数女人却更像别人口中的那个人。男人往往更随性更自我更不在意别人的言论，懂得按照自己的意愿去生活。而女人好像更喜欢给自己裹上一层看上去精致的包装，掩饰住那些缺憾。

举一个简单的例子，女人不修照片的很少，男人修照片的很少。这不是因为用美图秀秀是女人的特权或者专属，也不是因为男生自拍修图看上去很娘，而是在本质上，女人就比男人更加注重外表、更在意别人的目光。

这里并没有批判的意思，只是随着成长我们会发现，那些伪装才是让我们感觉到"累"的根本所在，终有一天我们要卸下它们，面对真实的自己。

过去，我也是一个特别在意别人的眼光和看法的人，容易活在旁人的言论里。我在意他们看我的眼神和对我做的事情的评判，所以从前的我经常会情绪起伏，对很多问题的看法也不坚定。我怕别人觉得我不好，怕被别人发现我试图隐藏起来的瑕疵。

直到有一天我发现，我在意别人的眼光，不是因为别人说得有多正确，而是因为我连对自己的信任都没有。

我们都很在意自己的着装和发型，有人说这件衣服挺好看，这个发型太适合你了。也有人会说，这身儿衣服显胖啊，你还是以前那样的长发好看。在这样的情况下，往往我们会在短时间内

忘掉那些夸赞，关注到的却是那些负面评价："真的有那么难看吗？""我干吗非要闲得没事儿去剪头发啊？"我相信这样的状况很多人都遇到过。

为什么总是要那么在意这些声音呢？

别人怎么看根本不重要。人活在这个世界上，最关键的就是要取悦自己，而不是迎合别人。每个人都是一个鲜活而有差异的个体，永远活在别人的眼里，最后的结果就是，你照样取悦不了所有人，而你也会越来越看不清自己。

况且，真有那么多人在意我们吗？那些所谓的评判，夸奖也好质疑也罢，其实大多数时候都不过是随口说说。你觉得别人会在意你的穿着打扮，那我问你，你记得你的同事或者朋友昨天穿的是什么衣服，拿的是哪款包包吗？

我曾经看过一段话，大致意思是：没有人每天闲得没事儿会一直关注你的一举一动和你的生活，没人真的那么在意你的伪装或者坚强。我们都不是演员，别以为会有那么多观众。没有人那么在意你每天穿了什么说了什么，过分在意的是你，而不是别人。生活是活给自己的，不是给七大姑八大姨的，也不是给一面之缘的酒肉朋友的。你要爱自己，要对自己有自信。

人活着，总是避免不了闲言碎语。你和男朋友明明是真爱，别人却说你是图他的钱。你努力打拼换来晋升机会，别人背地里说你被老板潜规则。你运动减肥瘦掉了双下巴，别人说你利用假期去韩国整容。然后你就因为这些话整天闹心胡思乱想，甚至红着脸急着解释。结果呢？只会给别人留下更多的话柄。

我想要告诉你，在这样的时候，最好的回击不是言语上的你争我抢，而是保持沉默一切如常。这样，别人的言论也就会变得无力，变得毫无意义。而这些，不是懦弱，也不是没有底线的忍让，而是最温柔的力量。

他说他的，你过你的，你又不活在他的嘴里。

要记得，别轻易地让自己被谁消耗。

对于这种人的存在，不必恶语相向，也不用暗地里诅咒。"我们的眼睛是用来发现这个世界上的美好的，我们的嘴巴是用来夸奖别人的。"我特别喜欢这句话，我希望我们每个人都可以拥有这种善意来应对生命中的全部，愿我们给他人的都是滋养。

这个世界上的人形形色色，每个人都有自己的个性和想法，那些质疑都是正常的，没有必要去在意别人给自己贴上的那个标签是什么，而是要时刻清醒地知道自己想要的究竟是什么。人要学会洒脱，更要学会隐忍。有些时候，"无所谓"的态度会让我们活得更快乐。

用自己喜欢的方式过一生，淡然而努力。

要记得，相比让别人喜欢你，更重要的是，你自己喜欢自己。

愿我们都能成为"不服输"但"输得起"的人

人生的大部分都是催人泪下的，可是相信我，总有一天，
你也会感激它，感激那些因为失败，而让自己重新站起来
的时刻。

记不清在哪部电影里看过一句台词："在激烈的竞争中，总
有人是要输的。"

生而为人，我们每天都在这个偌大的世界里穿行着，我们有
梦想，我们血气方刚，我们渴望证明自己也期待有一天可以扬眉
吐气，我们都想可以给那个曾经不服输的自己一个交代。

不服输的人，都不怕输，也输得起。

我们每个人都会有这样的时候，习惯于自我否定，质疑自己
为什么那么没用，为什么一直等不来想要的结果。可那又如何

呢？人生中的很多事情是我们以一己之力无法操控的。没有人会随随便便对生活认输，也没有人会对不公轻易地举手投降。

小时候我们听说，这个世界是不公平的，可长大后我们才知道，这个世界就是不公平的。出生在什么样的家庭，父母给了怎样的教育环境，上的是公立幼儿园还是贵族学校，天生貌美才华出众还是相貌平平白手起家，有关系有人脉还是凡事只能靠自己从零开始，甚至是不同的基因所带来的不同的性格……这些，都是不一样的。薛之谦说过："这个世界就是不公平的，但不公平是好事。"没有跌宕起伏的人生，过着多没意思。

丁致曾经是一个特别怕输的人，生在一个普通的家庭，母亲在银行工作，父亲做点小生意。受到父母性格和家庭教育的影响，丁致是那种特别争强好胜的性格，任何事情都要拿个第一。他从小父母就告诉他，无论做什么都要竭尽全力，要做就做最好的那个。所以在他的观念里，好像只有赢过所有人才是对的。

丁致是一名很出色的建筑设计师，论业务水平和专业能力，他确实算得上行业里拔尖的。在工作中他一直是被领导器重的那个，也拿过很多的设计大奖，虽然偶尔也会遇到一些困难，但总能够化险为夷，所以他的人生一直都算顺风顺水。

他是那种只要有目标就一定要达成的人，不允许自己有任何差池。这样的完美主义和对自己的严格要求自然带给了他很多积极的反馈，时间长了，他就习惯了自己是最优秀的那个，习惯了自己被肯定被赞许，也越来越觉得，强烈地想赢是没有错的。可当一个人太在意结果的时候，他往往就很难接受不尽如人意的结果。

在一次行业里特别重要的项目设计上，丁致输了，输给了一个初出茅庐的年轻小伙子。

论能力两人不相上下，两个人不同的设计理念都得到了客户的认可。丁致认为，自己作为前辈一定稳操胜券了，可是他万万没有想到，客户最后选择了一个新人设计师。

他是一个脸皮很薄的人，他觉得自己糗大了，他不敢相信自己竟然会输给一个完全没有任何从业经验的人。他不服，那段时间他最常挂在嘴边的一句话就是："凭什么，凭什么是他不是我？"可尽管这样，生活还是要继续，无论他是否愿意，他都必须接受自己落败的现实。然而在他心里他一直认为，是这个世界的不公在作祟，他私心里想一定是那位设计师耍了手段或者后台很硬。他始终没有放平心态，他从来没有想过"或许是自己的问题"。

后来，偶然的一次机会，丁致和当时那个项目的负责人恰巧碰面，他是一个自尊心极强的人，他怎么可能去问当时自己落败的原因呢？

　　但在两个人分别的时候，那位负责人叫住了丁致——

　　"年轻人，想赢是好事儿，但太想赢，是会害了你的。"

　　我不知道后来的丁致变成了什么样子，但我知道他一定做出了改变。当一个人真正经历了一些事情之后就会发现，这个世界上最大的不公，不是出身、不是财富、不是地位也不是样貌和身段，而是你拥有着怎样的性格和心态。这种不公是致命的，但庆幸的是，这种不公也是可以被改变的。

人有一股冲劲儿这本没有错，但除此之外，我们在人生中必须尽早学会的一个能力就是"服输"。失败并不可怕，真正可怕的是为自己的失败找理由找借口。输了就输了，又能怎样呢？哪有人是会一直赢的，又有谁会总是输呢？

这就好像玩游戏，我们经常会被游戏里的大BOSS打败，可那反而会更加激发我们的斗志重新再来一局。为什么游戏里面的你不怕输，而现实生活中你就经不起呢？

其实，人生和游戏是一样的。我们被重拳打倒，然后又满血复活地重新再来。

人生在世，没有人会一直赢。大部分时候，我们都在为最后那个让人欣喜的结果而付出和忍受着，这中间我们也会经历一次又一次的挫败。这个世界上没有任何谁是可以一路坦途，可以心满意足地得到自己想要的一切。

我们和生活短兵相接，我们切肤地体验着它给予我们的所有，辛酸的、喜人的，我们总归都要接受，而且要非常投入地去享受。生活就是这样，你要么敬畏它挑战它，要么手无寸铁地败下阵来。所以相比"想赢"的决心，更重要更可贵的是"不怕输"和"输得起"的心态。

如果你有本事成为一个非你不可的人，那么谁都不能把你挤下去；如果你始终保持过硬的心理素质，努力靠近成功，又心平气和地接受任何一种好与坏的结果，那么，你才真的有资格接近终点的那个自己。

输的时候恼怒和抱怨都是没用的，找到解决问题的办法，才能让下一次有赢的可能。这个世界上阻碍我们的客观因素太多了，你越怕它，那它就真的会越可怕。

我们都有一些弱点，会在人生的每个阶段闹出一些笑话，犯下一些看似幼稚的错误。而这些从来都不是可笑的，其实，它们很可爱。它们会让你变得不一样，会让你在多年后回想的时候，是热泪盈眶的。

你承受不起失败，就无法谋划下一场成功。

你知道吗？人生的大部分都是催人泪下的，可是相信我，总有一天，你也会感激它，感激那些因为失败，而让自己重新站起来的时刻。

"你输过吗？"

"当然，谁还没输过啊。"

"你怕输吗？"

"说不怕是假的，但我，输得起。"

最好的回应是，
我根本不在意

在我们实现人生理想的路上，会有很多东西阻挠我们。

越是斤斤计较，也就越会偏离轨道。

人生需要忍耐，要懂得忍辱，才能负重。

"常与同好争高下，不共傻瓜论短长。"

这是在看《欢乐颂》的时候，给我印象最深的一句话。

年龄还小的时候，我们总有盖不住的气焰，别人骂我们一句，我们为了争回脸面，也要骂回去，不让分毫，不让自己吃亏。总想着据理力争，和对方抗争到底你死我活。可这样做的结果往往是，两败俱伤。甚至，我们才是惨败的那个。

我倒不是一个会骂回去的人，因为对那种人我们通常是没有办法和他讲道理的，所以到最后就变成了和自己生闷气。因为让那些污蔑的话走了心，因为害怕被人误解，所以总是翻来覆去地想，好像自己闹心就可以解决问题一样。

心思细腻也就成了一个具有两面性的词，因为总是敏感多虑，所以没那么容易看开，活得也就并不轻松。

那句话怎么说来着，"我们听过许多道理，但依旧过不好这一生。"那些告诉我们不必在意的话，已经听无数人讲过，但是当事情发生在自己身上的时候，还是没有办法说服自己。

柳岩是一个经常被黑的明星，但我并不讨厌她。我觉得她真实不做作，她活得大方而且透彻。很久之前看过一段她的采访，记者问她，有那么多人骂你，你受得了吗？她是这样回答的："面对那些骂我的人，我哪里有时间停下来和对方吵架，或者是回头解释。我只能一直跑一直跑，跑远了，那些站在原处骂你的人声音就小了。也许前面还会有新的人骂你，但我还是相信越是在前方，有工夫骂人的人越少，因为大家都在奔跑。"

我们任何一个人在生活中、工作中所受到的攻击和诋毁，都不会多过一个娱乐圈的明星。那些在我们看来快把自己折磨得受不了的事情，不过是他们所经历的微不足道的一部分。我们觉得被人说了不中听的话，被人误会，感觉天都要塌下来了，可对他们来说，每天都如此。

我们活在这个世界上，不可能让所有人都喜欢我们，总有人会讨厌我们，甚至嫉恨我们。如果事事走心，恐怕日子早就没法过了。

说说我自己，当年一毕业，我就进了中央人民广播电台做主持人。对于一个刚刚走出校园的学生来说，这是许多人心中可望不可即的工作，那会儿我得到了很多赞扬和羡慕的声音。但却少有人知道，这背后需要顶住多么大的压力。

当时去到台里的时候，通过选拔，我被分配到了全频率收听率最高也最重要的一档早高峰节目。这对没有太多实战经验的我来说，是特别大的挑战。而且新人上岗，总不可避免地会被拿去和前辈们比较。我特别清楚自己的不足和差距，也经常会跟父母还有身边的朋友感叹，前辈们、其他主持人老师都可以做得那么好，我要跟他们多多学习。我一直在努力调整自己，希望每一天都可以做得更好一点。

这个过程中，我听到了很多的建议，也因为这些我知道了该怎样对症下药，改掉自己的毛病，所以我很感谢。当然，我也听到了很多刺耳的骂声，不明真相的诋毁，甚至是诅咒。

我是一个什么事儿都会走心的人，那个时候我听到这些话，心里总会特别难受。虽然理智告诉我不要去做过多的解释也不要

同样恶语相向，但内心里是不安的，是躁动的，是做不到平和淡然的。

直到有一天我发现，当我过分在意这些攻击和嘲讽的时候，我就会忘记自己真正应该去做的事情。因为把太多的时间精力都放在了"为什么他要这样说我，我没有那么差劲""他误会我了，我不是像他想的那样"这件事情上，以至于我们的步伐会停滞，以至于我们忘了自己走到今天的初衷究竟是什么。

在我们实现人生理想的路上，会有很多东西阻挠我们。心态平和了，自然容易渡过难关。越是斤斤计较，也就越会偏离轨道。人生需要忍耐，要懂得忍辱，才能负重。

鼓励赞美的声音我们要听，微笑地听；逆耳之言我们更要听，用心地听。可是，明显带有攻击色彩的话，听了只会徒增烦恼，那不如不听。千万不要用他对你的方式去回击他，因为当你说出了那样的话，你也会变成和他一样的人，令自己讨厌的那种人。不回击，不是好欺负，也不是懦弱，而是智慧。

扎西拉姆·多多曾说过："有人尖刻地嘲讽你，你马上尖酸地回敬他。有人毫无理由地看不起你，你马上轻蔑地鄙视他。有人在你面前大肆炫耀，你马上加倍证明你更厉害。有人对你冷漠，你马上对他冷淡疏远。看，你讨厌的那些人，轻易就把你变成你自己最讨厌的那种样子，这才是敌人对你最大的伤害。"

当你面对诋毁和言语攻击的时候，有一种最有利的回应就是——你的话根本影响不到我，我根本就不把这些放在眼里。因为我们不是一种人，所以你根本就没有和我对话的资格。

我们还有很多有意义的事情需要去做，也有很多人值得我们为之付出时间和爱意。与其和不懂你的人浪费口舌，不如放下情绪的包袱，学着看淡生活中的闲言碎语，拿出更多的时间去充实自己，让自己变得越来越优秀。

你有你的选择，我不干涉你对我的不友善，但是我没有时间和你争论是非对错。

我要做好自己，而不是评判别人。你的攻击对我的伤害指数为零，所以你对我来说没有任何影响，只会显出你的没有修养，而我会在你的骂声中变得越来越充满力量。

过好自己的日子，不做没有意义的争辩，才是明智的选择。

江一燕说过一句话，你我共勉——

"愿你永远保持智者的云淡风轻，永远微笑释然。"

我喜欢这样努力的自己

没有谁的人生是一直尽如人意的，
如果真有，我也不希望那是我所经历的人生。

之前在一次跟朋友的聊天中，我说过这样一段话：

"其实我一直在等，不是等我获得荣誉，被所有人赞扬的那一天，而是在等，等我将一切归零，必须重新开始的那一天。"

人是一种喜欢生活在惯性里的动物，在没有受到剧烈撞击的时候，人是很难完成一次由内而外的改变的。我们生命中所有的那些大大小小的失败和考验，都是在扮演这样的一个角色。它们突然出现，在我们最没有防备或者几近成功的时候，将我们撞离原本的生活轨道，给我们一个机会去真正地审视自己、看清自己。它颠覆我们原有的生活模式，让我们变得和从前不一样，让我们拥有一个更加丰富的灵魂。

我们每个人就是在不断的起起落落之间，才变得越发强大的。

而人生就是一个，不断打破又不断重塑的过程。

有些人享受那种回炉再造，有些人却认为那是场折磨人的酷刑。

我们害怕失败，不是怕自己不能承受那个结果，而是怕自己过去的努力都化作泡影。我们会在那一瞬间特别计较得失，不明白为什么是自己要承受这样的考验。殊不知，实际上每个人都要经历人生的起伏，只是有些人习惯放大苦难，而另外的一些人习惯借力前行、逆流而上。

我们陷在一个错误的观念里，自顾自地以为失败就是一段努力的不被认可，但其实，那恰恰是个开始。谁都有重新开始的能力，只要你想。但不是谁都有重新开始的信心，因为惧怕重蹈覆辙、悲剧重演。真正可怕的不是当下这一次的失败，而是我们担心"万一下次还是同样的结果，那该怎么办"。

困难并不是一种让我们一蹶不振的东西，它真正的用意是让我们换一次血，完成一次自我寻找，然后获得重生。它会带给我们全新的蜕变，摒弃掉曾经不堪的那部分自己，给我们一次彻底的思考。再次出发的，会是一个我们更喜欢的也更认真的自己。

我期待那一天，比期待成功还更多一点。

不管我们走到哪里，取得了怎样的成就，都不代表我们的能力和水平达到了一个怎样的高度，只说明，我们才刚刚上路。任何时候去谈成败，都为时过早。谁都有可能异军突起，谁都有可能就此覆灭。重要的是，我们怎样活过，用什么样的姿态活着。

我们永远无法逃避挫折和失败，相反，我们应该接纳它们，像迎接付出之后的回报那样。因为是它们让我们不再软弱和胆怯，给了我们的人生回弹的力量，是它们让我们变成了后来的那个被自己看得起的自己。

　　在我们的人生中，在这条不断向前行走的路上，没有人知道自己的极限在哪里，不逼自己一把，我们就很难发现自己可以做到多少。

　　常常会听人这样抱怨：努力又有什么用？这个世界是为那些含着金汤匙出生的人准备的。像我们这种没有背景、没有人脉、没有钱和权的人，是没有翻身机会的。

　　不是这样的，这个世界不是给那些坐享其成，或者怨天尤人的人准备的，是给那些不惧怕折腾的人准备的。

　　张艺兴说："努力不一定有用，但是不努力一定没用，而努力永远都要比不努力有用。"

　　在我的成长过程中，我很少听人夸我聪明，夸我勇敢，我听到过最多的一个夸奖我的词语是"努力"。以前不懂事儿的时候，我是不太喜欢这种夸奖的，我觉得"漂亮""有才华"这样的词才是人人都爱听的肯定。可是不知道从什么时候开始，我喜欢上了别人对我的这种评价，而我也越发感谢这两个字。在我心里，这是我的父母在给了我善良和真诚之外，最重要的一个品质。

　　因为我没有拥有很多东西，所以我只能更努力地朝前走，去感受一个更加快乐而不负此生的人生。

金钱、权力、地位，这些东西随时都会消失，但只有努力，只要我想，它就会一直在。它不一定每次都会给我回馈，但我知道，只有继续努力着，我才在成长着。这个世界上没有任何东西能够给我足够的安全感，亲情、爱情、友情这些都不能，它们都会在人生的某个时间点忽然离开，唯一可以让我感到安全的，就只有，持续不断的、不计较得失的努力。

我们出生在一个什么样的家庭，确实很重要，它决定了我们拥有怎样的初始性格和启蒙教育，但它并不是我们人生走向的决定性因素，也跟我们的幸福和快乐没有必然的联系。我们自身的努力，才决定了我们的未来要过怎样的人生。

"这个世界上的每一个角落都有人正在奋斗"，这是我曾经做过的一期节目，每次想起这句话都觉得，自己一点儿也不孤单。我们每个人都在认真地努力着，我们挤公交挤地铁，我们吃米饭配辣椒酱，我们早出晚归夜不能寐，我们学习工作赚钱，我们那么用力地努力着，不过是想让自己爱的人和爱着自己的人，能生活得更好一点。没有什么比努力更能让我们感受到，自己是在倔强地活着。

有一类人，总是喜欢抨击成长在金字塔尖的人，因为得不到，所以只好眼馋得到的人。实际上，这些都没有意义。当一个人过着比你更好的生活，你应该做的不是用讽刺的语言挖苦别

人，不是嫉妒，不是憎恨，而是去付出比他多得多的努力，追上他。当我们跟比我们优秀出色的人不在一个层级上的时候，我们是没有资格去评判他人的。

纪伯伦说过："如果有一天，你不再寻找爱情，只是去爱；你不再渴望成功，只是去做；你不再追求成长，只是去修炼，一切才真正开始。"

曾经有一个阶段的我，特别患得患失，害怕失败，害怕付出没有回报。那个时候身边的前辈和朋友跟我讲过许多道理，但我就是无法从钻牛角尖的意识里跳脱出来。在这个过程中我发现，越是害怕失去的人就越是容易失去。因为那时我们的注意力已经不在做事本身上面，而是在计较结果上。那么自然，就不会得到自己满意的答案。不怪挫折和失败总来敲你的门，而是你没有一次重视过它们，找到问题的症结。

生活中的很多事情都是这样，别人讲再多的道理，都不如自己吃亏一场。当一个人主动意识到自己的毛病并且想要做出改变的时候，那才是问题真正得以解决的时候。

也就是从那个时候开始，我终于明白了，失败于我们人生的意义，不是击垮我们，而是告诉我们，人生无常，要永远保持努力的态度。

我常常觉得，对于努力，我们应该是怀有敬畏之心的。

它是最能够改变一个人的东西，没有什么比它更有力量。

想与你分享这样一段话：

人们有时总以为自己失去了什么，其实没有，那些失去的东西，只是被换了个地方。

它们会以另外一种方式，重新和你相遇。

我们还年轻，接下来的人生，还有千万种可能。

未来还有什么等着发生，没有人知道。

但希望，无论怎样，我们都能喜欢那样努力着的自己，

并且，感到快乐。

愿每一个认真而努力生活着的人，

最后生命都给了他们该有的幸福和快乐。

你须寻得你所爱，并为之守望

人生不就是这样吗，接受一个平凡而普通的自己。
但也偶尔，感觉自己像个英雄。

"你须寻得你所爱，并为之守望。"这是我曾经在看一个颁奖礼的时候，一位女演员在领奖时说过的话。我非常喜欢，也因为这简单的一句话，对她的喜爱甚至崇敬顿时又多了几分。毕竟寻得所爱和守望所爱，无论它们其中的哪一个，都并非易事。

这个世界上究竟有多少人可以穷极一生去追求自己内心最神圣的梦想，又有多少人每天过得都是自己喜欢的生活？我没有做过统计，但可以肯定的是，这终归是个小概率事件。人生里的无奈和无常实在太多了，来自社会环境、来自父母家庭、来自终身伴侣，甚至，来自我们无法抵抗的命运。

所以，如果你是按照自己喜欢的方式在生活，那么无疑你是个极其幸运的人。但如果恰好相反，那也没关系。因为人的潜力永远无穷，所有的兴趣也都可以在日复一日的成长中慢慢培养。谁又能说，这不是命运给你的一种意想不到的惊喜和可能?

"梦不是空穴来风，是一种愿望的达成，如果哪一天你对生活失去了期待，记得去尼泊尔找我，在空旷的山谷里，陪我一起，一个人听。"这是2015年7月9日，我的公众号100万粉丝那天，我写下的一段话。现在想来那个画面，还是有很多感动想要诉说。

现在写下这篇文章的时间是2016年8月7日晚上23点54分。我不知道等到这本书问世的时候，"一个人听"公众号会有多少粉丝，我只知道这世界上从来没有什么东西是一成不变的。相比强求，我总觉得顺其自然是一种高境界的抵达。

但无论如何，不变的是，我永远感恩，感恩你们每一个人。如果没有你们，这个叫作蕊希的人就什么都不是。虽然到今天，我仍然是这个世界里最最平凡的一个，但我喜欢这样的平凡。这种平凡，让我快乐，也知足。我喜欢这样的自己，也好幸运，被你喜欢着。

人生不就是这样吗，接受一个平凡而普通的自己。

但也偶尔的，感觉自己像个英雄。

其实我已经记不清从毕业到现在，这中间我究竟经历了多少的喜悦和波折，但我知道，很多东西都在顽强地生长着，顺从也抵抗，默不作声也放肆张扬。然后你会发现，好像自己曾经受过的那些伤都在一些隐藏的时刻，变成了特别温柔的力量。

我一直都觉得，我们的事业很像是我们自己的孩子。

不管是你手中正在拼命完成的策划案，还是熬了数十个月打磨的一个等待被审阅的剧本……不管是什么，它们都有生命。你看着它们生长，你告诉自己一定要更加专注，因为你知道你对它有责任。好与坏，你都要接受，并且要竭尽全力地让它完美、让它生动，更重要的是，你要爱它。

人生没有那么多可以从头来过的机会，时间也不是永远给你明天。

它只会给你很多次措手不及，里面装着一些你期待的或者五雷轰顶的答案。

我们都经历过一个人的难熬，也都渴望被这世界温暖地拥抱。我想让你知道"你的痛，我都懂"，也希望这些伤口都能在

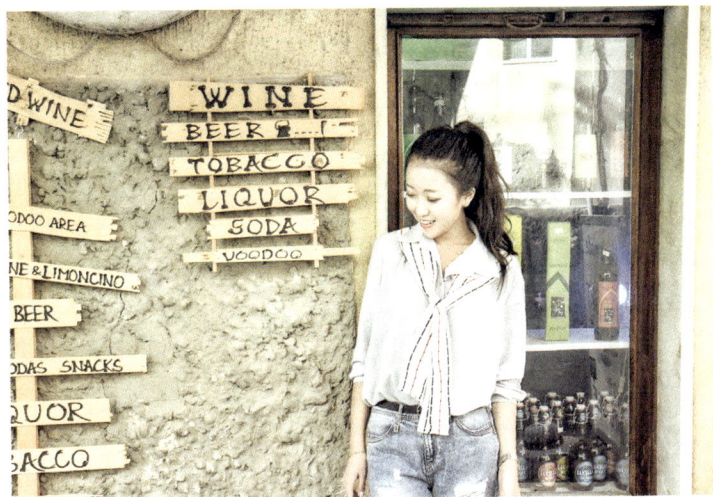

有朝一日变成我们身上的勋章。我们都热烈地爱过一个人，也都在尝试着忘记一个人。我们都在这个偌大的世界里，偶尔无助、经常迷茫，但却还在认真地，努力着。我们都是平凡的，有烦恼、不完美、会流泪的普通人，但终归我们都要学着，在无能为力的生活面前，变得无所畏惧。

2015年7月，我大学毕业。和所有即将走出校门的学生一样，不知道自己的未来在哪里，不知道自己到底能不能找到工作，我的家庭很普通，没有千万家财，也没有多么牛的可以让我找到一份好工作的关系和背景。而更重要的是，我希望靠自己去完成我生命当中每一个阶段的成长。父母已经给予了我太多，我想我不应该再向他们索取些什么。

然而，我很幸运。在那年生日当天，我正式签约，成为中央人民广播电台的一名主持人。那种幸福，是没有办法用言语表达的。直到今天回忆起来，都觉得是一种奇妙的人生体验。对于刚刚毕业的学主持的学生来说，这简直是一件比中了头彩还要开心的事情。

可是，生命好像就是这样，未来还有什么等着发生，没有人知道。

在央广工作还不足一年的时候，我选择了离开。身边的很多人，都觉得我疯了。他们不能理解一个二十岁出头刚刚毕业的学生，哪里来的这样的疯狂。当然，在这个过程中，父母一定是最难打通的一关。他们说我不知天高地厚，不懂得珍惜这份工作的宝贵。他们说我年少轻狂，不理解生活的艰辛。

他们有很多的疑问很多的不解，最开始他们并不知道那是我的冲动还是深思熟虑之后的结果，事实上他们却是十分开明的父母。在我们双方经过了长时间的深入交流之后，在我把全部的想法一五一十地告诉他们之后，他们选择尊重并且全力支持我的选择。所以我真的很感谢他们，感谢他们愿意放开手，让我去选择自己的人生道路。我感谢他们包容我的任性，和我一起等待未知的未来。

很多人说，父母的反对绝对是很大的阻碍，说自己不想让他们操心，于是就顺从他们的意愿过着自己并不喜欢的生活。可是我们必须明白，人生是自己的，我们一定要对自己的未来负责。年轻最了不起的地方就在于，我们可以寻找很多的机会，不至于给自己的生命留下遗憾。没有父母是不希望自己孩子好的，把你的想法说给他们听，我相信，他们一定会懂。

全天下没有哪一个家长是愿意看到自己孩子吃苦遭罪的，他们都盼着自己的孩子好。所以在面对这样问题的时候，我们更应该心平气和地去和他们交谈，别伤了他们的心，也别轻易妥协了自己。我知道这可能会是一场持久战，但很多事情总要学会争取。我们每个人的这一生，都会充斥着很多很多的选择，有时可以退让，但有时也要守住防线。

人生在世，有一种东西特别难得，就是无条件的支持。所以，我特别感谢站在我身边的朋友。友情和父母之情、恋人之情都不一样，它永远会用最柔和的方式告诉你：别怕，有我在你身旁。

而那一年，我在央广所经历的一切，都是那样的不可思议。

时间过得太快了，太多的离别愁绪在我决定离开的那一瞬间一股脑儿地喷涌而出，拦都拦不住。没有人可以真正了解，在央广的日子，对我来说，有多珍贵和重要。

然而，分别本是常事。想要重新出发，总要卸下一些行囊。越年长，我们就越会发现给自己的人生做减法是一件多么重要的事情，人是要学会轻装上阵的，什么都想要的结果往往是什么也得不到。

说到辞职，我听到的最多的一个词是"任性"。其实之前很多听众就问过我，年轻到底意味着什么。这个命题太大了，我没有办法给出一个准确而完整的答案。但如果一定要说一个，"年轻"就意味着"可能性"。

因为年龄还小，所以可以大胆去尝试，果断做出选择。我们每个人都一样，都希望自己的人生少一点犯错。但事实上，没有人可以真的如愿。而年轻不就是用来试错的吗？因为还小，所以错得起。也因为还小，所以我们才有的失去，也才有机会为自己的错误埋单。

当然，我们并不能因为错得起，就头脑发热地由着性子。做任何一个决定的时候，我们都必须权衡好利弊，判断好自己的能力，做好最坏的打算，并且在心里清楚地知道，自己可以承担。就像《守法公民》里那句话说的：最难的部分不是做决定，而是承受它。

说实话，当我做出离开体制内，出去创业的选择的时候，我并不能够准确地判断事情的走向，只是目标感很强地告诉自己，有很多东西是来不及的，人在某些时候要相信自己的预感，如果思考清楚了准备好了，那就去做。勇气这东西，不应该是随着年龄的增长而逐渐减少的。

我不知道你还记得小时候的自己吗？那时候你和小伙伴玩耍的时候摔倒了从来不会哭着喊妈妈，而是自己站起身来揉揉膝盖继续撒欢儿奔跑；那时候你只差两分就可以拿到全班第一，但妈妈会告诉你别怕，找出问题所在，下次一定会更好；那时候你学钢琴总是弹不准最难的那几个和弦，虽然你也会心灰意冷，但最后你还是双手磨出一个个茧子用那首曲子拿下了十级考试。那时候，你是那样的勇敢而不怕失败。

现在呢，当你想要放弃的时候，就去拿出小时候的照片，看看那会儿的自己，你问问他，真的不能再坚持了吗？

如果让我说，我会觉得放弃是一件比坚持要难上几百倍的事情。好不容易走到了这里，你确定不再坚持一下？放弃难多了，那意味着前功尽弃。现在的人都很会算账，都用权衡利弊得失的方式来判断怎样更合理更划算。那么这样看来，我想答案显而易见。你知道吗？勇气就像皮球，你越使劲它越有。

没有任何一个创业者在创业之初的时候可以肯定地说，我一定会怎样怎样。在这个渴望成功的年代，每一个人都渴望成功，好像只有成功才会得到更多的肯定和尊重。然而，真的是这样吗？这个社会那么鄙视和无法接纳一个受挫的人吗？不是的。这个社会和我们身边的这群像你和我一样的人，最看不起的是那些灰头土脸举手投降的人。

如果你身边有很多的创业者，那就会发现他们的身上大多都有一个共通点，就是不怕失败。他们永远精力充沛永远像打了鸡血一样在战斗，他们也会困、也会累、也会觉得辛苦，但他们明白，再坚持一下，我希望我也一样。我希望我不会令太多的人感到失望。成为一个能给别人带去幸福感的人，这是我的追求。但愿，我能做到。

辞职之后，我回了趟家。然后，开始了一场旅行。他们都说，行走在路上，会遇见一个更好的自己。但如果你问我，我会说，行走在路上，我发现了一个更浅薄更需要去填满和丰盛的自己。我感受着这个世界的宽广和博大，我对它充满敬畏和好奇，我想去探寻更多的惊险和刺激。当然，它有时也会令我感到恐惧，而那些恐惧正是因为，我知道的还太少，我对于生命的认知，还不够深邃。

当我走在瑞士的小镇，当我站在阿尔卑斯山上，当我穿过沙漠漂过大海，当我坐着热气球，当我克服恐惧尝试极限运动……当我做这些事情的时候，我感受到的是前所未有的冲击和内心的壮大。于是在那样的时刻你就会发现，所有生活的琐碎和纷扰都变得不值一提和微不足道。你知道吗？人生里面太多的苦恼都是我们自己给自己找的，它们本身其实并没有什么大不了，但当我们内心狭隘的时候，他们就会不断地被放大，然后占着我们

内心的空间。人的心脏只有那么大，装的杂念多了，美好自然就少了。

所以行走在路上带给我的除了让我认识到自己的浅薄，更重要的是，让我在真正意义上学会了放下，放下一些不必要的东西。这件事儿说起来简单，但现在每当我遇到困难的时候，我还是没有办法百分之百做到。或许这就是人类自身所带的"劣根性"的表现，又或者这只是对于个体而言的一种障碍。

在成长这条很长的路上，我们总要懂得收起锋芒，磨平棱角。有时候生活是个很可怕的东西，硬碰硬并不是明智之举。你一定知道有一个词叫作温润，它可以把我们从危机四伏的境遇中解救。当我们变得和这个自然界一样开阔，我们也就会看淡这时代和人脸的种种变迁，泰然自若，不过如此。

辞职之后的日子，一切都按部就班地进行着。也遇到了很多自己原来不曾设想过的难关，也有手足无措一筹莫展的日子，但好在都挺过来了。谁说困境本身不是一种最好的助力呢？当然，偶尔空闲，我也会去听听当年自己在台里主持的那档节目。人总是禁不住地去回顾过去的一些东西，自主地或者不经意地。

我知道，未来一定会有些凶险在等我，但我不会害怕，因为没有任何一个人的生命是一路坦途的，我相信每一次苦难都是生命的彩蛋。其实你想想看，当你年迈的时候，子孙满堂，你跟他们讲的故事不一定是自己曾经那些最最辉煌的时刻，相反，你会很骄傲地告诉儿孙们，你是如何一次次地跌倒又一次次地爬起。因为你知道，你要让他们学会的不是如何成功，而是怎样处理失败。人生除了故事之外，还有一种，叫事故。

生命中有很多事情，是来不及的。

所以如果你想清楚了，就是时候，可以行动了。不管是去追那个心爱的姑娘，还是重新选择一份真正喜欢的事业，或者是来一场现在就出发的旅行。做出改变这件事儿，不是用嘴说的，去做了，它才有意义。

希望未来的我们都能强壮、慷慨、专注和用尽力量。

希望我们不服输，但又有胸怀承认自己的不足。

希望我们都知道自己想做什么，并且为此感到骄傲。

未来，我会继续行走在路上，带着我爱的人，去看看这个世界上更多的美好。

我会把我看到的善良和真诚，把我看到的险恶和坎坷，都讲给你听。

我想，那应该会是一个不错的故事。

04

原来再坚硬的外壳，
在爱情面前也会变得柔软。
原来对生活无所畏惧的人，
在深爱的人面前也会开始有了软肋。

只因人在风中，聚散不由你我

有些人，走着走着就散了，
给你留下一个孤傲的背影和一桌子拿来下酒的回忆。
就算再难过，也还是要热泪盈眶地继续向前行走。

"只因人在风中，聚散不由你我。"张学友在《秋意浓》中这样唱着。

都说相遇或者离开是人生本来该有的两种最常见的状态，可大抵对于所有人来说，都是没有办法轻巧地接受分别的。那种感觉就好像是一瞬间的土崩瓦解，似乎什么都还在，但其实什么都没了。

有些人，走着走着就散了，给你留下一个孤傲的背影和一桌子拿来下酒的回忆。就算再难过，也还是要热泪盈眶地继续向前行走。

可我是个痴情的人，实在无法对你的离开保持沉默。

有人说，再坚实的感情也会败给长时间的远距离，从前我觉得这只是一种为失败的感情寻找开脱的方式，直到我自己经历过才发现，这好像是条真理。

两年前，老杨独身一人去日本深造。临走前的那天晚上，我们几个好朋友一起约在一家常去的饭馆给她送行。

我是个基本不喝酒的人，但那天大概是我这二十多年来喝得最多的一次。六个人坐在一起，吃完那顿饭就各奔东西，留学的留学，工作的工作，天南地北，从此见面不再容易。那晚我们说了好多心里话，火锅的热气和酒后的微醺让我们看不清彼此的脸，说好了不哭，但每一个人脸上的那两道泪痕却都清晰可见。

那时候我们骄傲地说着，我们一定不会是别人口中的那群"走着走着就散了"的朋友，我们不相信距离会淡化感情，也不相信不常联系就会彼此生疏。我们幻想着将来带着另一半和孩子一起相聚的日子，我们说好了每年过年就算再忙也要坐下来喝杯东西聊聊天，我们对"一辈子"这个词深信不疑。

只是，人生并不总是我们所以为的样子。

　　到现在，六个人变成了四个。未来有谁会中途退场，没有人知道。

　　好像在这期间也并没有什么大事儿发生，没有误会也没有矛盾，只是在群里说话的时候，他们两个不再做任何回应。约时间聚会的时候，他们也总是找各种理由推辞。偶尔见面，也找不回曾经的感觉了。在朋友圈里也不再肆意开玩笑地互动了，朋友圈的权限也不知道在什么时候变成一道尴尬的横线了。谁也不知道，究竟是谁变了。

　　有人说，因为距离远了，所处的环境不同了，身边的圈子自然而然地发生变化，一个人的性情和想法也就会跟从前不一样。

　　我不想深究这里面的原因，也不知道这种疏远会不会只是暂时的，但我突然开始明白，人生中的聚散是没有理由的。你们可以因为兴趣相投而成为朋友，自然也会因为无话可说而走向陌路。

　　这是我们生命中的无奈，也是定律。

　　那个人还在身边的时候真心相待好好珍惜，不在了，那就心平气和地接受这种离散。

　　小谦，我特别要好的一个异性朋友。不过，是曾经。

　　从第一次见面时的相互看不顺眼到后来变成无话不说、默契绝佳的朋友，再到今天我们甚至连一句客套的问候都没有。这中间，我们用了六年。你说，人的一生有多少个六年？可就是这段我曾经以为牢不可破的感情，这段我无数次向别人炫耀的自以为是一辈子的感情，终于还是没有逃过命运的咒语。

　　很多人和我说过，男女之间是没有纯友谊的。

　　以前我不信，现在，我也不信。

　　我和小谦之间就是那种特别纯粹干净的革命友谊，甚至是两个人完全把对方当成同性来看。我们是工作上的好伙伴，帮助彼此完成了很多阶段性的突破。我帮他追女朋友，他帮我表白心仪的男生。我们一起规划事业和人生，一起创造了很多不可能。所有的一切看起来都是那样的和谐而让人满足。可是，或许是缘分的拉扯，总有些我们看不见的东西从中作祟，非要在某个人生的节点把这条联结的线绳从中间拽断。

我不知道你有没有这样的感受，两个人关系太好，是幸运也是麻烦。有些话说还是不说，有些忙帮还是不帮，有些事情做还是不做，这些本来简单的问题，都因为太过亲密的关系而变得复杂难缠。接受还是拒绝，似乎都有些难言之隐。这样的状况多了，两个人的观念不同了，自然就会产生"道不同不相为谋"的错觉。你不能说这是谁的错，因为任何一段关系中，感情好与坏的走向其实都是两个人共同作用的结果，没有人可以甩得干干净净。

只是因为我们都不再是孩子，我们都没有小时候那样的勇气去打破僵局说上一句"我们和好吧"，所以越是抗拒也就越是无力挽回。没办法，人生从来不会因为哪个人在你生命中出现的时间足够长，所以就不把他从你的世界里带走。

小谦只是我人生中突然离开的一个，因为他停留的时间很长，所以才会让我感慨更多。但其实这样的进进出出每天都在上演，然后我们在那些分别里，懂得了些什么。

朱利安·巴恩斯曾经说过一段话："那时你还是一个孩子，你认为你拥有了许多朋友，但事实上，你拥有的仅仅是伙伴而已。所谓的伙伴就是那些站在你身边，看着你长大成人，然后又渐渐淡出你生活的人。于是，你开始新的生活。"

这是一个美好的世界，这也是一个残忍的世界。它让陌生的人变得熟悉，又让熟悉的人走回陌路。每个人都有错，也都没错。错在拥有的时候不懂得珍惜，错在对方还在的时候不知道收敛自己的脾气，错在那个时候的我们还不明白人和人之间的相处其实就是不断地包容和让步。而没错是因为，分分合合本是人生常事，缘起缘灭也并不是我们一己之力可以掌控的。

你来，那么很高兴认识你，以后请多指教。
你走，那么我祝你来日一路坦途，比从前生活得快乐。

其实舍不得你走，
但我什么都没说

愿日后的我们还会偶尔想起彼此，愿我们都能在没有对
方的日子里，享受各自人生的悲喜欢愉。
愿我们在"失散"后的未来里，都能活成一个更坦荡也
更值得被爱的自己。

"我想你依然在我房间，赖着我一直不肯走。我想是情歌唱
得太慎重，害你舍不得我。我想你依然在我房间，再多疼我一遍
就走，我想是缘分哪里出差错，情歌才唱着不松口。"

素素说这是她最喜欢的一首歌，也是最不敢听的一首歌。因
为里面唱尽了那种被割裂的痛苦，和对于一场即将结束的爱情的
无奈。

如果说生命是一场轮回，我希望我们再次相见的时候只做一
面之缘的，过路人。

素素是我的朋友里性格最特别的一个，没有大多数女孩身上

的矫情，做人做事从来不会瞻前顾后，活得自由随性。

我羡慕她的快乐和潇洒，也对她"顺其自然"的人生态度表示敬佩。她不是随便说说的那种，而是打心眼儿里觉得很多事情都是上天注定，所以她一直觉得自己开心就好。你问她谈过几次恋爱，她会一本正经地回你一句："哎呀，爱情嘛，喜欢就谈喽。"你问她失恋之后会怎样，她就特别帅气地说上一句："我的人生字典里根本就没有失恋这个词。分都分了，还能怎样？他过他的，我过我的。"

开始的时候我想，这姑娘也洒脱得有点儿过了吧。好像在她的人生观里，爱情不过是最不起眼的一部分，得到了不欣喜，分开了也不失望。那时候我觉得这样挺不好的，感觉她就是那种把爱情当作生活的调味剂玩玩儿就算的人，不痴情也不深情。

可是直到后来她遇见了姚滨，我才知道，我和她，我们都错了。

她那副一切都无所谓的样子，不是因为她有多快乐，而是为了掩盖日后蓄意已久的悲伤。她不痴情不是因为她戏弄感情，而是她从来就没有碰到一个真正的爱人，从来都没体会过眼看着心爱的人远走的心情。

　　从前她以为那些只要说上一句"我喜欢你"就可以在一起的状态就叫爱情，可是后来她才知道，真正的爱情不是"我愿意陪你一阵子，却不知道能不能陪你一辈子"，而是"从见到你的第一眼开始，我就知道，你是我的这辈子"。

　　只可惜，道理明白得太晚，逝去的爱情不能重来。

　　就像王菲在《流年》里唱的："有生之年狭路相逢终不能幸免，手心忽然长出纠缠的曲线，懂事之前情动以后长不过一天，留不住算不出流年。"

　　我们都以为自己会是爱情当中幸运的那个，但后来才明白，幸运向来都不是一种会从天上掉下来砸中我们的东西，而是要我们靠自己的努力去争取的微小的机会。

　　不是所有有情人都能终成眷属，也不是每一对相爱的人都能彼此相伴走到生命终结的时刻。在我们生活的这个环境里，有太多的因素在干扰和侵蚀着我们的爱情，有些人扛住了，但有些却不幸败下阵了。

　　"直到我们吃完最后一顿饭，直到他把我送上回家的最后一趟末班车，直到我看着他的航班消失在遥远的天际，直到我收到来自墨尔本的最后一句晚安。直到这些都真实发生了的时候，我

才发现，我有多爱他。我才明白，失恋从来都不是一种无所谓的体验，而是生命中我不想再经历第二次的痛苦的割裂。"

　　这是素素在姚滨飞去墨尔本的那天晚上发给我的。那是我第一次知道，原来她是一个如此多愁善感的姑娘。

　　素素和姚滨在一起一年多，两个人感情很好。几乎任何场合他们都会同时出现，整天腻在一起谁也不舍得离开谁半步。姚滨是个公认的好男人，只要有他在，素素就可以什么都不用担心，他会把一切都安排得十分周全。只有一点，姚滨是一个特别理性且实际的人，凡事都会从现实出发，喜欢面面俱到。做事上这是个优点，但在爱情里，恐怕并不太好。因为有些时候，爱情需要的不是谨慎，而是冲动，是不顾一切，是"为了你，什么都可以"。

　　两个月前，姚滨收到了墨尔本一家公司的offer，也就是这封邮件，将两个人彻底分开。

　　"素素，你知道的，我是真的很爱你。但请你原谅我，我还是要离开你。我真的很感谢你在我收到offer之后一直跟我说让我接受，你说这是一次难得的好机会，千万不能错过。你说你可以等我，等我留洋几年回来。你说反正现在交通也方便，从上海到墨尔本不过是睡个觉的工夫。你说我们可以经常视频，你说你不在意异地恋的距离，你说你愿意一直等我。素素，我真的很感动你能给我说这些。可是，我的心好痛。我不想看着我心爱的姑娘每天对着屏幕掉眼泪，我也不想我们一年到头只见几次面。我不想让你没人陪，我不想让你一个人。请你原谅我，我终于还是选择了要去墨尔本，那是我二十多年都在向往的地方，那是我实现理想最好的机会。我也不想在它和你之间做选择，可我必须要选一个。这一去，我不知道会是几年，可能等我回来的时候，我们都是三十好几的人，我不能让你一直耗着自己的青春等我。我也想过要跟你来一场轰轰烈烈的异国恋，可是想来想去我还是觉得，那种感受是我们都无法承受的痛苦。我们都见过太多坚持了几年，但最后还是分手的异地恋情，所以与其这样，不如，我们就到这里吧。我知道你明白，这一切不是因为我不够爱你，而是我太爱你。你应该拥有一段更切合实际的感情，你应该要有一个能陪在你身边的人。你说我自私也好，骂我认怂也罢，真的对不起，我想，我们就到这里吧。明天，我就要走了。素素，对不起，我爱你。"

　　姚滨走后，她扔掉了所有姚滨送给她的东西，她删掉了每一条曾经甜腻的信息，她开始听伤感的情歌，开始成为一个真正有故事的人。有句话说："我想拥有的东西很多，却唯独不想拥有故事。"

你看，爱情真是个不堪一击的东西，轻轻一捏，它就碎了。

我问素素，你还相信爱情吗？

"信。失恋是真的，受伤是真的。可我们的爱情，它也是真的。

"至少这段和平分手的感情让我知道了，什么才是真正的爱情。真正的爱情不是心血来潮的兴趣和投机，也不是为了打发一个人孤独时间的消遣，更不是试着在一起的碰碰运气，而是，从一开始就有着和你走到底的决心。是认定，是无畏。是想要在一起吃很多很多顿饭，是想要在一起看很多很多风景，是想要看着对方比从前更好，是看着他一天天地变老，然后安静地躺在他的怀里离去。但可惜，让我明白这些道理的人，并不是愿意陪我经历这一切人生体验的人。不过，我不怪他，我谢谢他。你问我为什么，等你真正爱过一个人的时候，你就会懂得。"

原来，再坚硬的外壳，在爱情面前也会变得柔软。

原来，对生活无所畏惧的人，在深爱的人面前也会开始有了软肋。

可是，没关系，生活里的如愿以偿毕竟只是少数。

重要的是，后来的我们，变成了更好的我们。

我记得大冰写过这样一段话，特别喜欢——

"我在路上走着，遇到了你，大家点头微笑，结伴一程。缘深缘浅，缘聚缘散，该分手时分手，该重逢时重逢。惜缘即可，不必攀缘，随缘即可，无须强求。"

我爱你，是真的。

我失恋后的难过，是真的。

我说我要把你忘记，重新开始，也是真的。

其实，我舍不得你走。但是，我什么都没说。

我们就到这里吧，连同我们的回忆，就到这里吧。

愿日后的我们还会偶尔想起彼此，愿我们都能在没有对方的日子里，享受各自人生的悲喜欢愉。愿我们在"失散"后的未来里，都能活成一个更坦荡也更值得被爱的自己。

"很抱歉，
我选择放弃我们的爱情"

喜欢上一个人的时候，我们常常说不清原因。
但决定放弃一个人的时候，却都有迹可循。

你还记得最初你是为什么爱上他的吗？

那个人不一定多优秀多有才华，甚至未必能满足你从前设想的条条框框，但你就是毫无征兆地喜欢他，别人问你，你回答说："感觉对了，其他的就都不重要了。"

你看，爱情就是这样不讲道理。

乔伊跟我说，她和方源分手了，是她提的。

我还记得她告诉我这个消息的时候，我吃惊地瞪大了眼睛，相比这段三年感情的终结，更让我吃惊的是，分手竟然是乔伊提出来的。

　　和大多数我所听过的爱情故事里的主人公一样，乔伊是一个特别痴情的姑娘，和方源在一起的这几年，不管她身边又出现了多少有钱有势有颜的男人，她都拒之门外。在乔伊心里，她早就认定方源就是自己这辈子最好的选择。她会在方源生病的时候，顶着被上司教训的压力，请假在家照顾他，给他煲汤。其实乔伊一直是一个挺有主见的姑娘，但因为太爱，所以在这段感情里她也慢慢磨掉了原本的那个自己。晚餐吃什么、高跟鞋买哪双、选择哪家公司上班、恋爱几年之后结婚、什么时候才可以要孩子，所有的这一切，她都听方源的。

　　我记得她曾经跟我说过："因为爱他，所以愿意迁就他。"果然，爱情里的女人智商都会变低。那时候我告诉过她："凡事都讲求一个适度，过分迁就的感情是不健康的。"爱情里的相互退让说的是两个人之间你来我往，而不是单方面没有底线地放纵。虽然都是生活里的小事儿，但日积月累，就算一味让步的那个人没觉得有什么不妥，但永远处在强势的那一方也一定会变得膨胀。

　　可我也知道，跟恋爱中的女人讲道理几乎就等于在说废话。以前闺蜜劝我的时候，我也一样，基本是左耳朵进右耳朵就出了，听个大概而已，然后还是像以前一样。所以，女人终归是一种不理性的动物，非要等到遍体鳞伤，才大彻大悟。

说到方源，其实也是一个挺好的男朋友。懂得体贴，也会照顾人，制造惊喜和浪漫这种事情也常不在话下。三年前，在一次同乡会上，他认识了乔伊，两个人有一搭没一搭地就聊上了，彼此都觉得对方是个有趣的人，大概两个月之后就顺理成章地走到了一起。

说来也巧，那时候乔伊刚刚失恋，整天都是一副蔫头耷脑没精神的样子，我们的活动她从来都是不参加的，就喜欢一个人躲在房间里捧着她前男友的照片看。我们拿她没办法，可又不想看她总是不吃不喝地折磨自己，就好说歹说把她给骗了出来去参加那场同乡会。没承想，她的失恋不需要时间治愈了，直接就来了个新欢。原来，缘分就是一种这么奇妙的东西，你永远都不知道它会在什么时候出现。

后来，两个人的小日子一直过得不错。我们都觉得这姑娘终于脱离苦海找到真爱了，可是感情这件事儿，旁人向来都是看不清的，好与不好也只有置身其中的人才最了解。

我记得特别清楚，平安夜那天晚上，凌晨两点，我接到了乔伊打来的电话。

她是一个很要强的姑娘，别看她平时都是乐乐呵呵的，不管是真坚强也好，还是装的也罢，总之在看到她电话号码的时候，我就知道，应该是出大事儿了。

就是那天，她告诉我他们分手了，是她提的。

我问她，你那么爱他，为什么要分手，他不是挺好的吗?

"嗯，分手是我先提出来的，可这并不代表先不爱的那个人是我。他不爱我，是比我说分手更早之前的事情。曾经有人跟我说，爱一个人是可以接受他的一切。可是现在我才发现，这句话只说对了一半。另一半是，我唯独不能接受的，是你不爱我。爱情是自私的，一个人用力的那不叫爱情，那是单相思。我累了，所以，我把自由还给他，也还给我自己。"

乔伊说，大概在一年之前，她就发现方源变了，那个体贴入微的男人不见了。

她说，他不再秒回我的信息，不再对我嘘寒问暖，不会在我来大姨妈的时候准备好黑糖姜茶，没什么事儿的时候也不愿意跟我多聊些什么。他不再喜欢陪我逛街，不再接受我送到他公司楼下的便当，甚至不再对我说"我爱你"。

乔伊说她也想过要继续坚持，她那么爱他，真的不舍得也不忍心就这么放下。她也想过既然方源也没有提出分手，那或许还有走下去的可能。但是，人是一种有感受的动物，感情这东西最怕的就是拖着。你总是对他有那么多的期望，可他给你的却只有一次次的失望。一段好的爱情不是束缚也不是捆绑，就算走到要分手的那天，也该落落大方。

我知道，乔伊嘴上说得轻松，但心里必定是难过的。方源不知道的事情太多了，他不知道为了给他买心仪的单反相机省吃俭用每天火腿肠泡面的乔伊，他不知道为了能和他身在同一个城市而拒绝了难得外派机会的乔伊，他不知道，那个不被他珍惜的，是一个多么爱他的乔伊。

可是，我也并不能说这就是谁的错。两个人在一起靠的是双方的认同，而分开也绝对不是其中某一个人单方面的全责，只能用那句老生常谈的话来说——"抱歉，你不是我要找的那个对的人。"

或许方源会在遥远的某一天里突然怀念起一个叫作乔伊的姑娘，然后感慨或者抱怨自己当初为什么不懂得珍惜。或许会，或许不会。但不管怎样，人生没有后悔药，对谁都一样。生命不会给我们那么多重新来过的机会，但好在，大多数的人后来都学会了不再重蹈覆辙。

人们都说，开始一段感情比结束它更需要勇气，可是我们都忘了，当我们选择结束一段感情的时候，那不过是因为在那些细碎的日子里，我们所有的勇气都已经被耗光了。而相比那个不爱了的人先提出分手，更痛苦的是，我明明还那样深切地爱着你，但我却要接受你不爱我的事实，但我却要忍住眼泪放你走。

但好在，值得庆幸的是，在彼此相爱的时候，我们都是认真的，这就够了。

我们谁都不知道，自己的终点是谁，也没有人告诉我们，该怎样处理人生中的分别。可是后来我们都会明白，这个世界上的大部分人都只能陪我们走一小段路，然后就会离开。我们就是这样在来来回回的得到与失去之间明白珍惜到底意味着什么，在人来人往的错过中，我们才会知道，自己真正想要的究竟是怎样的人。

我们都讨厌时间，可我们又必须感谢它。是它帮我们进行人生的筛选，帮我们过滤和淘汰掉那些不值得的人和事。谁也不必为谁难过，人迟早都会长大，道理迟早都会明白。最后的我们也总会在岁月的锤炼中，变得处乱不惊，也变得坚强而温和。

从此，只愿我们都被认真地喜欢，并长久。
只愿我们能学会原谅另一半的缺憾，并深爱。

如果一切重来，你还会爱他吗

我们都是在爱情里四处碰壁，
然后终于明白了一些从前我们听别人说起的道理。

"不是每个人都能叫前任，而前任也并非只是某个人，它是每一个走过的人在你心里留下的痕迹。"

——《前任攻略》

你有没有觉得，其实分手是一件特别容易的事情？一个人的一句"我不爱你了"就可以轻易地把另一个人推开。当曾经的温存都已经不在，两个人就会在一瞬间突然陌生起来。你看着眼前的这个人，不敢想象你们从前曾那样相爱。

你问他："不是说好了要爱我一辈子的吗？"

他不作声，夺门而出。

你一个人留在房间里，第一次发觉，原来眼泪是一种如此不听使唤的东西，就算你再极力控制，它还是不能乖乖地停下。那一刻，你们两个人过去的所有画面一闪而过，那些甜言蜜意都是真的，却也在当下清楚地感受着那种被撕扯开来的痛苦。

所以，如果一切重来，你还会爱他吗？

我是小薏，我和阿宸，已经分手两年了。

我本来以为自己还算是一个内心强大的人，不会因为一个人的离开而难过太久。虽然我不是一个能快刀斩乱麻的人，做不到当断则断，可总觉得自己是个挺理性的人。顶多喝几瓶酒，挨几天的油盐不进，不化妆不睡觉也不再谈理想，等到伤心达到一个临界点的时候，也就差不多了。可惜，爱情里的我们总是低估自己对于另一个人用情的深度，也高估了自己忘掉一个人的速度。

《半生缘》里有句话说："如果我和他真的结婚了，这也就不会成为一个故事了。"

我和阿宸是朋友介绍认识的，两年前，一次普通的小型聚会。然后，故事就这样开始了。

我是一个在爱情里不大会主动表达情感的人，说得直白点儿，就是挺能装的。喜欢人家也不说，自己在那绷着，好像说几句有好感的话会要了我的命一样。所以即使那时候我心里喜欢阿宸，但我也总是佯装出一副根本没有把他放在眼里的样子。有时候想想，自己也真是够别扭的，为什么就那么喜欢和自己较劲？

阿宸，他是一个极具幽默细胞的人。无论碰上什么事儿，他都能变着花样儿说出来，把你逗得前仰后合。在我的择偶标准里一直有一条，就是要有趣。和有趣的人生活在一起，每一天都是鲜活的。

可那个时候我还不懂，想要别人有趣的同时，自己也该是个有意思的人。那时候我还不明白，想要让自己喜欢的人长久地喜欢自己，首先要让自己保持长久的吸引力。因为爱情需要棋逢对手，让彼此都觉得这是一场你来我往的有趣的较量。

"其实爱情是有时间性的，认识得太早或太晚都是不行的，如果我在另一个时间或空间认识她，这个结局也许会不一样。"

——《2046》

我们总是在还不懂得爱情的时候，遇到了想要共度余生的人。我们总在双方都不够成熟的时候就草率地丢给对方一个承诺，然后再在感情消失殆尽的时候，放一把火，把它们燃烧得一干二净。好像年轻时候的承诺，更像是一张没有打算负任何责任的空头支票。只是有人当真了，有人只是说说就罢。

因为阿宸的幽默，我爱上了他。我不说，他也知道。他是那种热情度很高、主动性很强的人，之后有一次我问他喜欢我什么，他说，觉得我是个特别的人，有挑战性。

那时候的我并不知道，这句话的意思是："等我玩腻了，自然也就会换人了。"

在他张罗了一场花里胡哨的表白之后，我们在一起了。我很喜欢他，虽然我不经常对他说我爱你，可我在这段感情里用尽了我全部的力气。

我每天给他送早餐，三天两头帮他打扫卫生收拾衣物。我给他做他最喜欢的冰糖木瓜，把他总穿的那件白衬衫又一模一样地买了三件。我经常给他妈妈买各种各样的礼物，我想让他知道我会是个孝顺的媳妇。我每天都会叮嘱他要好好工作，不要玩心太重。

我为了他做了所有我能想象到的一切，我像个妈妈一样地照顾他疼惜他。为了他，我甚至失去了自我，我不顾及自己的交际圈，我的生活重心全都是他，我把我认为对的都给他。

起初他是享受的，但过了一段时间我就发现，他开始厌倦，开始不耐烦，开始逃避。我不知道我做错了什么，我天真地觉得是自己对他还不够好。于是我比以前更加努力，更加倾尽所有。

很久之后，我才知道，那些我自以为是正确的爱，并不是他喜欢的方式。这就跟他喜欢鸭梨，而我给了他一车苹果，还问他为什么不吃，是一个道理。当你把力道使错了地方，那么就算你再拼尽全力，对另一个人来说也都是负累。爱一个人，其实是一件特别需要技巧的事情，爱的方式直接决定了爱的质量。

后来，在一个台风肆虐的晚上，我收到了阿宸发来的短信：

"小薏，我们分手吧，我不爱你了。"

从朋友那里得知，他和另一个女孩在一起了，听说是个有趣的姑娘。

可能是个性使然，我不是一个会在感情结束的时候苦苦挽留或者纠缠的人。就算自己多么难受，表面上也还是装出一副云淡风轻的样子。

其实最开始和阿宸分开的时候，我是不知道原因的，我并不觉得自己做错了什么。直到有一天，我看了一部电影，才恍然大悟。

大多数男人需要的，不是一个妈妈型的女朋友，而是一个可

以陪他们去感受这个世界、探索这个世界的人。他们需要的是一个拥有个人魅力和生活情趣的人，是一个怀有鲜明的人生态度和能够不断带来新鲜感的人。

后来我终于明白，当你喜欢一个人的某一个特质的时候，你首先也要让自己拥有那样的特质。当你喜欢一个有趣的人，那你就应该先让自己成为一个有趣的人。爱情就像弹力球，是需要以力借力的。而我也开始意识到，一段感情里的"合适"有多重要。

"我无法控制自己对你的难以忘怀，但不再对你满怀期待。"

——*One day*

我和阿宸分手两年了，我承认，我还是没有放下他。这两年里，我还时常会想起他冲我笑的样子，想起他拥抱我时的力度，想起他亲吻我时的眉眼和呼吸。我甚至会想着他现在牵着另一个姑娘的手，去我们曾经吃过的那家重庆小面，走我们过去一起走过的每一个十字路口。

可就像那句话说的："当你不能控制别人，你就要控制自己，赛车和做人一样，有时候要停，有时候要冲。"我知道，是时候要做个了结了。人要生活得快乐的一个前提就是，要放下过去。

我很庆幸遇到了你，给了我一段以失败告终的爱情。可是，我不怪你。因为是你让我知道，我要成为一个怎样的人，而我又要怎样去爱别人。

现在的我，并没有很难过。

虽然还是想念你，但我生活得有模有样。

我们都是在爱情里四处碰壁，然后终于明白了一些从前我们听别人说起的道理。

海子说："你来人间一趟，你要看看太阳，和你的心上人，一起走在大街上。"

祝福所有在爱情的路上磕磕绊绊的人，都能有个心满意足的结局。

（本文来自读者的真实故事）

"对不起,
我只能陪你到这里"

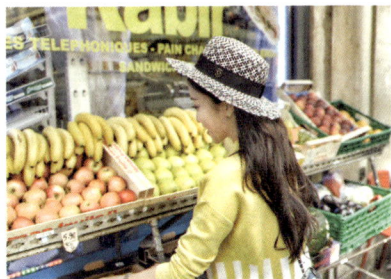

很多时候，我们的爱情死了，曾经的承诺不能兑现，
不是因为我们不再相爱了，
而是因为生活里的种种让我们发现，我们无法再继续相爱了。

我在公众号曾发过一篇文章《承诺是爱情里，最不靠谱的东西》，记得当时收到了这样一段留言，印象很深："所谓承诺不是不可靠，而是在那个特殊的场合里特殊的人，不由自主地就说出来了。只是后来，它被生活的琐碎侵蚀。可当我们给彼此承诺的时候，我们都是认真的，也是确切想要做到的。"

很多时候，我们的爱情死了，曾经的承诺不能兑现，不是因为我们不再相爱了，而是因为生活里的种种让我们发现，我们无法再继续相爱了。

人和人的本性从来都有差异，一时的磨合与忍让来得容易，但如果把时长延伸到一辈子，那绝不是单靠你侬我侬就可以做到的。这也就是我们经常看到很多人爱着爱着就散了的原因，刚开始的感情太过浓烈，觉得对方的一切都是完美而没有缺憾的。时间一长，热恋期过了之后，温度慢慢冷却，两个人之间的问题就开始暴露。

"你变了，开始的时候你不是这样的。"

"我要是知道你是这样的人，当初打死我我也不会和你在一起。"

"你能不能不要把你的臭袜子丢得到处都是，就不能利索点儿吗？"

"你怎么现在动不动就跟我发脾气，我们刚认识的时候那个温柔会撒娇的你哪儿去了？"

但其实，我们谁都没有变。

那些问题和缺点从一开始就存在，只是起初浓烈的爱冲昏了我们的头脑，我们根本顾不上去看那些瑕疵和毛病。我们以为那个完美的样子会持续一辈子，可现实生活不是童话，不可能永远按照我们设计的剧本发展变化。要么就是两个人各自磨平棱角收起锋芒，要么彼此都不肯改变和退让到形同陌路。

生活在大多数时候，是让我们大跌眼镜的。

只是，有些人因此打了退堂鼓败下阵来，有些人选择接受并改变。

所以，我们每个人现在正在经历着的一切，无论好的坏的，都是我们自己曾经做出的选择所导致的结果。

我从来都没有想过，有一天我们会分开，我觉得没有什么可以把那么相爱的我们拆散。一年的异地我们挺过来了，第三者的出现，我们挺过来了。那些没钱住在地下室啃着面包榨菜的日子，我们坚持过来了。父母的反对，我们也通过各自的努力，终于得到了他们的支持和祝福。所有这些可以一次次打败我们爱情的东西，我们都没有怯懦。我们都以为，这些不过是命运在考验我们的爱情，这些都熬过了，接下来应该没有什么我们承受不起的大风大浪，没有什么能吓退我们了。

我们谁都没有想到，最终使我们分开的，竟然是我们自己。

在我的婚姻观念里，其实两个人过日子不就是你让我让你吗，没必要非争个孰是孰非，也不用所有的事情都那么较真。"你进一步，那我就退一步。"这是我觉得爱情里比较舒服的一种状态，两个人你来我往，谁也不用跟谁客气，但有时也懂得要学着谦让。适可而止，点到为止，是我处理矛盾时比较尊崇的方式。

可就在这一点上，我们也存在着巨大的分歧。

你觉得出现任何问题的时候，都必须找出症结，必须判定这是某一个人的责任或者错误，你要求任何事情都要撕开来掰碎了看得清清楚楚。我觉得那样太累，也不至于大惊小怪地把芝麻大点儿的小事儿都上升到必须追究责任的高度。

单拎出来看，我们谁都没有错。只是，我们根本就是两种不同的人，选择了两种不同的危机处理方式。所以我觉得你不对，你觉得我不好。我们是那样地相爱，可即使再相爱，也化解不了这些本来就存在的根深蒂固的分歧。

我是一个有洁癖的人，忍受不了脏乱差的环境，我喜欢家里的所有东西都摆放得井井有条。我每天都会收拾屋子，擦干净所有的灰尘，我喜欢闻干净的衣服上面洗衣液的味道。

你常常说我太爱干净了，想让我控制一下，因为我这样的强迫症让你每天回到家里都觉得很拘束。其实男人嘛，总会稍微邋遢一点儿的。可每次当我看到随意乱放的遥控器和水果盘，扔得到处都是的T恤衫，我就气不打一处来。这样一来二去，我们两个人都会生活得很辛苦。

不是我太爱干净，也不是你有多脏乱差。我们都没错，只是不适合。

　　而像这样的大大小小的问题，还有很多。我们是那样深爱对方，我们可以烛光晚餐，我们可以拉着手说走就走当起背包客，我们会记住所有的纪念日，我们会在对方低谷的时候不离不弃做最大的精神支柱。我们可以在一起做好多有趣的事情，我们可以谈好久好久的恋爱，可唯独，我们不适合在一起生活。

　　因为婚姻和恋爱不一样，恋爱的时候，我们很难看到对方私底下的生活习性和状态。但当我们结了婚真正生活在一起，所有最真实的部分就都会一天天暴露出来，无处遮掩或者躲藏。而这其中，有些是我们可以依靠迁就来解决的，但另外的那些，就是两个人本质上的差异。它很难消解，只会日积月累，变成双方无法轻易跨过的障碍。

　　一段良性的感情，需要的是迁就，但绝不是将就。我们可以因为爱情而选择容忍对方，却没有办法把两个完全不同路的人牢靠拴在一起一辈子。

　　我们都是成年人了，我们的爱情都是以结婚为目的的。我们深爱对方，也曾经不止一次地尝试改变自己去适应对方，可最后我们发现，那只会让我们两个人生活的质量都降低，会带给我们更多的意想不到的烦恼。

这样的感情，跟那些撕心裂肺、人走茶凉都不一样。

我们和平分手，没有谁先提也没有谁挣扎或者挽留，一切都出奇地平静和自然。甚至自然到，让人有一种错觉，好像这不过是一场蓄谋已久的分别。

但个中苦涩，也只有我们知道。

可能有人会说，既然两个人那么相爱，为什么就不能努力克服那些分歧，能分开还是说明不够爱。我也曾经有过这样的疑问和思考，但最后我发现，不是因为我不爱，而是因为太爱。

在这段感情中，我们曾经为对方做过自己所能想到的所有努力，我们比谁都希望这段感情可以继续。但是我们也都非常清楚地知道，爱情里的甜蜜是无法完全遮盖住不堪的，与其彼此折磨和忍受，不如好聚好散，轻松放手。

两个人的观念和生活习惯的不同已经大到了影响这段感情质量的程度，与其拖着忍着让着，不如放开深爱的人的手，各自寻找新的幸福。一段高质量的婚姻，绝不只是搭伙过日子这么简单，而是要把对方的一切都揉进自己的骨子和生命里。

我们每个人穷极一生去寻找的，不过是一个彼此相爱的能够同甘共苦一辈子的人，一个待在一起没有丝毫压迫感的人。我们希望得到的不过是一段平等而舒适的、不累的婚姻。而这样的婚姻，需要的不只是爱情，还有"合适"与"懂得"。

我知道，我们都想拥有一段因为爱情而结合的婚姻。

可是，婚姻不是过家家，它需要的是两个人精神的高度契合和对于彼此巨大的信任。是我愿意为你改掉自己的坏毛病，是你肯为我拒绝掉日后所有的诱惑和暧昧；是我愿意把我的余生都交付于你，是你愿意和我一起承担生活赋予我们的全部苦难与纷扰；是我们愿意相互搀扶着走完一生，直到死亡把我们分开。

一辈子很长，选错了人，每天都是煎熬。

一辈子很短，选对了人，此生都不够用。

对不起，我只能陪你到这里。

希望你幸福，尽管那幸福，不是我给的。

（本文来自读者的真实故事）

我这里一切都好，
只是很想你

你走之后，我总是很开心。笑得没心没肺的是我，整天疯疯癫癫的也是我。他们都说这样的我很可爱，可是他们不知道，我所有的这一切不过是为了掩盖我还没有忘记你的真相。

"我们的这次邂逅，不过是电影里的一个镜头。

如果继续发展下去，必定是一个伟大的爱情故事。"

你离开之后，我总是在用一种最笨的方式提醒自己，没有你，我也可以过得很好。好像那样，我就真的可以把你从我的心里抹去，然后告诉自己，其实你还在。

你走之后，我又佯装不在意地爱了你好久。当别人一再问起你的时候，我都还假装已经恢复成了全新的自己。从前别人跟我说失去，我没有办法百分之百感同身受，我知道那很痛，直到我自己经历了，我才懂得，那到底有多痛。

他们都说一个人离开之后，最难的并不是走出曾经回忆的旋涡，而是重新开始适应一个人的生活。习惯是一种特别可怕的东西，平日里我们体会不到它对我们生活的影响，可当有一天它被打破了，我们才会在猝不及防间感受到那种手足无措。

我知道，你已经离开了，所以我总是告诫自己要回归一个人的生活。

不要总是偷偷想念。

我一个人去距家五公里外的那间素食餐厅，点了一份双人套餐，那是你在的时候我们每次去都必点的食物，可惜现在你不在了，我一个人也没有办法把它们吃完。

我一个人去小区门口的公园夜跑，蓝牙耳机里是从前我们每次运动的标配，你说它的节奏刚刚好，就像我们不紧不慢的爱情一样。

我一个人去琴房练琴，是那首你当时为了追我特意写的曲子，以前我走路的时候听，洗澡的时候听，睡觉的时候听，可现在我不敢再听。怪不得人家总是说歌曲也是有情绪的，不同的心境下听到，也会是不一样的心情。

前几天我又去看了一场爵士乐的演出，我试图从那里再找回一些记忆的碎片，可后来发现，都是徒劳。除了格外汹涌的想念，我什么也感受不到。

　　昨天晚上我实在太饿，已经叫不到外卖了，我就裹着那件你在温哥华给我买的毛衣，下楼去那家24小时营业的小店。老板娘问我，怎么只有你一个人，我苦笑了一声，然后坐下来和她说起你离开的事。

　　和平常一样，一份酸辣粉不加辣椒不要葱花，一份担担面重辣加一颗卤蛋。不过你放心，这次我没有浪费。我就着我们的曾经和那一刻狂流不止的眼泪，把它们都吃完了。

你猜，我流下的那些泪水，是被辣椒呛的，还是因为太想你?

我常常在想，如果从来不曾遇见你，或许我就不会像现在这样难过，虽然那些美好也不会发生，可起码我也不必承受你说走就走的痛苦。可惜造化弄人，命运把你带到我的身边，却又在我们爱得热火朝天的时候，把你硬生生地抢走。

上个月，我又去了巴黎，那是我们曾经只停留过一天的城市。那个时候你就说你特别喜欢这个地方，有生之年一定要再去一次。我坐在当时我们吃晚饭的那家餐厅，点了那晚我们喝的白葡萄酒，我的对面不再是围成一桌看球赛的男男女女，而是一对头发花白的爷爷奶奶。两个人时不时地碰杯，或者切下一块牛排喂到对方的嘴里。那个画面像极了几十年后的我们，可惜，都不可能了。我就着酒劲儿，没有哭，也笑不出来。你看，我在人前伪装得再好，一个人的时候也还是会露出马脚。

突然有一个问题想要问你，你会不会在某个瞬间也怀念起我来? 你会想念我吗，会像我想念你一样地想念我吗? 如果答案是肯定的，也请你不要告诉我，我怕我会忍不住冲向你，像当初我们开始相爱的时候那样。

我有时真的好恨你，我想不明白为什么你要这样狠心地留下我一个人。我也恨命运，恨它为什么要对你如此不公。

我记得很小的时候听人说，走了的人会变成天上的一颗星星。所以你知道吗？从你离开那天开始，我就养成了一个新的习惯，我总是会不知不觉地抬头望天，在每一个夜晚或者清晨。虽然我不总是能看得到你，但我相信，你一定在注视着我。所以有些时候，我也希望我能生活得开心点儿，我希望你在天上看我的时候，我和从前一样，是那个被你喜欢的没有烦恼和忧虑的姑娘。

我已经买好下周末去你父母家的车票，我答应过你，会替你时常过去看看他们。我们经常会在微信上视频聊天，他们身体都挺好的，爸爸的腿脚也比以前利索多了，妈妈的腰疼也不像以前那么明显。你在那边不用挂念，我会像爱自己的爸爸妈妈一样，好好爱他们的。现在，我们都很好，就是，很想你。你在那边缺什么，一定记得告诉我，我希望你过得比从前幸福。

今天我在你的墓碑前放了一大捧百合，是你最喜欢的花，你闻到了吗？

你在那边要好好的，我有时间就会来看你。

不必惦念我，因为我最大的心愿就是，你快乐。

至于我们的爱情，我多么希望，还有来生。

（本文来自读者的真实故事）

05

好的爱情是，你不需要对我承诺什么，

但我知道你不会离开我。

真正对自己负责的态度是，认准了方向，

即便一路走得跌跌撞撞，

也依旧眼神坚定地行走着，

并且竭尽全力。

婚姻是自己的，
千万别将就

真希望有一天我们结婚，不是因为年龄到了，别人催
了，而是因为我们都清楚地意识到——你就是我一直
在等的那个，和我共度余生的人。

最近，身边的很多朋友都接连结婚了，大学同学也一个个嫁
作人妻或者已为人父。在这之前我一直觉得，婚姻于自己而言是
一件特别遥远的事儿。

作为一个晚婚主义者，在我的观念里，不希望自己过早走入
婚姻，我给自己定的时间就是所有人口中的女孩与女人的分界
线——三十岁。

虽然我也不知道，现实是否会如我所愿。

所以我经常跟朋友打趣说："万一我在二十九岁的时候跟当
时的男朋友分手了，那我肯定也变成大龄剩女了。"谁知道呢，

人生不就是因为无法预料才变得耐人寻味吗？

之所以不想太早结婚。

一是，我觉得二十至三十岁这个阶段，是我们的人生中最没有定性的时候，我们敢闯敢为充满勇气，同时也向往自由试图尝试更多。我们无法确定自己的工作能做多久，收入是不是每年都能保持稳定或者渐渐提升，我们甚至不知道自己究竟要在哪座城市定居，用什么样的生活方式经历人生。这个时候的我们，没有太多经验的积累和应对困难的能力，人生观、世界观、价值观也都还在左右不定的摇摆中慢慢建立。我们习惯于按照别人说的去做，却没多问一问自己的内心。

二是，我理想中的婚姻应该是，两个人都是彼此独立的个体，经济上、思想上、人格上都是独立的，具有自我主张但又相互崇拜。谁也不依赖谁，谁也不向谁索取更多。我倾慕于你的善良，你钟爱于我的真诚。因为内心是富足的，是坚定的，是知道自己想要什么的，所以不轻易开始，自然也就不会随便结束。

最后，也是最重要的一点。靠近三十岁的我们更知道自己想要和怎样的人过怎样的人生，并且让自己在面对父母亲戚的反对时，"抵抗"得更有力量。只要自己不打退堂鼓，那么我们就无须将就。

我想跟所有正在经历被催婚的人说，只有因为爱而产生的结合，才可能会有持续不断的幸福。很早之前我就在节目里说过："一开始就不爱的人，或者不怎么爱的人，后来只会越来越不爱。"日久生情这种事情发生的概率太低，而且并不是我们每个人都会有那样的幸运。

我也想对所有催促儿女找对象结婚的父母说，其实我们心里都特别清楚，你们是为了子女好，想让我们早点儿找到称心如意的爱人，想让我们有人陪着被人惦记着。可这个世界上有两件事情是急不得的，一是需要持久地努力和坚持才可以达到的成功，另一个就是因为爱情而选择共度余生的婚姻。我们渴望幸福的程度，跟你们希望我们幸福的程度，其实并没有相差多少。

可怜天下父母心，有时候作为孩子选择顺从，选择相亲或者跟自己不喜欢而父母喜欢的人结婚，不过是为了不辜负父母的良苦用心，不想让父母失望为自己发愁，但事实上，那样的我们并不快乐。

父母们都不想自己的孩子吃亏，大部分的父母都希望自己的孩子能找一个"TA爱你比你爱TA多的"。男孩家希望找个温柔贤惠漂亮体贴会照顾人的姑娘，带出去不丢人，放家里不骄纵。女孩家就想找个有车有房有社会地位的还要对自己女儿好的男人，既有挣钱的能力，又不花心无不良嗜好。

可是我们都忘了，婚姻里的"有所图谋"不应该图这些，而应该是被你的性格、你的谈吐、你对未来的规划、你为人处世的方式、你有爱心很喜欢小动物、你孝顺对父母很好等，我们应该是被这些所吸引。应该是我想和你在一起去创造更多我们现在还没拥有的东西，而不是贪图和索取你既有的一切。

我始终相信，爱情是一种信仰，我们带着这种信仰可以创造出很多美好的东西，房子车子都会有的。选择爱人，我最基本的要求是，你必须是一个有上进心、有责任心的人，让我有信心去相信我们的未来。

我的一位朋友曾经写过这样一句话："女生，你凭什么要求男人既对你好，又有车有房？"当时看到的时候我就觉得说得简直太对了。我们谁也没有权利要求男人必须要给我们什么，与其天天想着怎样让男人给自己买车买房买包包，倒不如自己多想想怎么努力工作赚钱自己掏腰包买这些东西。更重要的是，男人对我们的态度，对我们好与不好，其实很大程度上都取决于我们自己值不值得他的好。

我希望我们每个人的婚姻都是建立在有情感的基础之上。

我也希望，在未来的某一天假如选择了一个经济条件不是很优越的男人的时候，我们可以坚定地告诉我们的父母："他人品很好，对我很好，他很有进取心，他为人正直，他现在没有足够的钱可以让你们放心地把女儿交付给他，但是我们对彼此的爱却是比他更有钱的人，给不了我的。钱可以挣，房子车子都会有的，但是爱不是跟谁都有的。我要的是和一个深爱的人去奋斗出更多的东西，而不是和一个将就凑合着为了结婚而结婚的人去享受他当下所拥有的物质和财富。"

我知道这个社会很现实，可是我不想让我的爱情和婚姻跟那些所谓的现实掺和在一起。有一天我选择结婚，一定不是因为年龄到了该结婚了，不是因为父母催了、朋友的孩子都已经会打酱油了，不是因为对方人品不差条件很好差不多就将就着过了，而是因为，我确切地知道，我爱他，而他也同样地爱我，我们都迫切地希望和彼此分享喜怒哀乐，共度余生。我一定不会为了结婚，而随便和谁在一起，因为我知道，只有我自己，才可以对自己的人生负责。

我希望，每一个像我一样平凡的女孩，都能有这样的底气和信心，对自己的，也是对他的。

我们总会在四处碰壁之后，遇到一个陪我们厮守到老的爱人。

你要相信，你要等。

更重要的是，你要修炼成值得被对方深爱一生的人。

爱情是场修行，婚姻亦是如此。

我们都是普通得不能再普通的人，但我们有权利去决定自己人生的样子。

记得，要找一个相爱的人。

希望你很好，有了他，更好。

真正的"门当户对"是
精神上的相配

两个人在一起最好的状态，应该是一场相互的成全和
彼此的仰视，而非没有原则地迁就和将理想掐死。

"我们都渴望长大，长大了就可以自己做主，不用听大人的
话。当我们终于长大了，我们又渴望做个小孩儿，可以撒娇可以
任性，可以无畏地甩掉生活的羁绊。而其实，我们永远不会真的
长大，我们只会老去。"

我的一个朋友小青，典型的东北姑娘，大大咧咧，为人仗义
直爽。虽然刚开始接触的时候觉得她有些高冷，但时间一长就发
现，实在是个没有心眼儿的单纯可爱的姑娘。跟她在一起永远很
放松，不必担心被算计，也不用害怕你告诉她的秘密，她会透露
给其他人。她是那种只要你有难向她寻求帮助，她一定二话不说

就伸出援手的那种人。

其实，在我们现在的生活中，这样的人真的越来越少了。所以我很珍惜，也会用尽全力加倍地对她好。

和她刚认识的时候，我们还不是很熟，很少听她提起自己的过去，只知道这是一个对感情十分认真的姑娘。直到后来一次偶然的机会，我们坐在一起彻夜长谈，我才知道了这个每天没心没肺、嘻嘻哈哈的姑娘背后的感情故事。

小青有一个交往了十多年的男朋友，两个人从上学的时候就看对了眼儿，然后一路走到现在。能从学校谈到进入社会的爱情多么难得，我总觉得那是影视作品里才会出现的桥段。十多年，两个人从青涩到成熟，三观都发生了巨大的变化，身边的诱惑也越来越多，却还能自始至终地只爱一个人，这样的感情实在让人叹服。

他们的感情好到没有一方动过出轨的念头，也从来没有过什么第三者，两个人就这么彼此陪伴着交往了十多年。

然而，家家有本难念的经，没有任何一段感情是不起波澜的，总有一些障碍设在那里，等着你去经历。

由于两个人的家庭背景相差甚远，所以从一开始双方父母就

持反对的态度。

　　小青家境殷实，父母都是做生意的，不愁吃穿生活富足。自己也很早就从家乡的小县城一路南下，到广州打拼。而她男朋友家只是普普通通的工薪阶层，每个月稳定而单薄的工资，只能勉强满足一家人基本的温饱，不敢有更多的奢求和享受。她男朋友也不是一个特别上进的人，现在在一个普通的单位上班，一个月挣的钱连吃顿西餐都要深思熟虑一番。

　　就是这样鲜明的对比让双方父母都感到极大的不适，也就是我们常说的"门不当户不对"。小青的父母不可能让自己的女儿结婚以后过那样的苦日子遭罪，男方的父母觉得对方家庭高攀不起，这要是以后成了一家人都抬不起头做人。于是，这段感情一直是饱受争议而不被祝福的。

　　所以从上学的时候起，两个人见面就是偷偷摸摸不敢让家长发现。后来两人异地，想见一次面更是难上加难。长时间的火车，昂贵的机票，这些看似简单的原因都成了他们之间的阻碍。其实小青的父母心里也清楚地知道他们两个人一直在一起，争吵不再奏效，女儿慢慢长大也不是打骂教训就可以解决问题的，所以他们只能在每次小青回家的时候为她安排相亲，试图让条件更好，各方面更优秀的人能吸引她的注意。可是，心有所属的人怎么有心情去见别的男人呢，小青排斥也反抗。

因为我和小青关系很好，所以我也见证了这几年来她的心理变化。

我记得她曾经对我说过这样一段话："我和他交往了这么长时间，我们之间的那种感情早已经不是爱情了，而是交织在对方生命里的亲情。其实父母反对的时候，经受异地痛苦的时候，为他的不上进不争气而着急的时候，我不是没有想过要分手。但在那些想要分手的瞬间，我又突然想到，我们竟然要分开变成陌生人，我就觉得我无法承受。那种感觉就好像是你挚爱的亲人突然离开，如果你是我，你有勇气面对吗？你忍心把他推开吗？"

她说完这段话，我沉默了好久。作为一个旁观者，我没有像他们一样经历过这么多年的爱情长跑，所以必然无法完全感同身受。毕竟，我们见多了来得快去得也快的爱情，我们见惯了人世的寡淡和凉薄。

其实偶尔，小青也会抱怨几次，觉得一直拖下去也不是办法。结婚的话双方父母都不会同意，分手的话两个人又难以接受。所以每次她跟我讲到这些的时候，都会露出一种极为强烈的纠结与惆怅。虽然我经常帮着身边要好的朋友分析情感问题，但在她这里，我一直没有想到一个妥帖的解决办法。因为我所认为的最幸福和最痛苦都同时发生在了她的身上。

她不是那种拜金女，不会只用钱来判断两个人的爱情走向，所以即使父母反对，她还是一如既往地爱着。她觉得男方的家庭环境不能对他们两个人的生活产生多大的威胁和影响，所以她一直尝试劝说父母能够成全这段十年的感情。

然而直到有一天，我发现，她是真的动摇了。

她跟我说那段时间她突然觉得他们两个人变得无话可聊，没有共同话题。虽然不至于场面尴尬，但却总是沉默，或者说着说着就没有了下文。一开始她以为那只是偶尔出现的状况，但后来她发现，不知道从什么时候开始，两个人的生活圈子和所处的社会环境已经不同了。一个人每天出入各种宴会和论坛，一个人每天无所事事不思进取；一个在一线城市，一个在东北的小县城。并不是说哪一种生活不好，只是，他们两个人都变了，变得不同了。

步入社会的感情，不再像学生时代那样每天对着一样的课本学着相同的知识，不是你追我赶就可以达到的分数高低，而是眼界和视野。

她男朋友从小受到家庭教育和成长环境的影响，是一个安于现状的人，也没有什么太远大的人生理想，不过就是想要那种有房有车就知足，老婆孩子热炕头的日子。所以本身没有上过大学的他，还为找到了当地一份稳定的工作而感到开心。

可小青，内心有着烈火的姑娘，怀才不遇，渴望在大城市出人头地报答家人，所以一直十分努力，虽然有时也很迷茫，但确实是个稳扎稳打的好姑娘。

然而你知道的，爱情里总要有一个人肯为对方退让或者牺牲。这就好像异地的人为了结束这种熬人的境遇，一定要有一个人放弃当下自己所有的一切，去到对方的城市。然而他们两个，男方不愿意去大城市感受压力，女方也不愿意放弃人生理想回到小城。两个人的关系，就这么在现实中慢慢消磨着。

两个人在一起十年没有分开，一是因为感情基础确实牢固，也没有什么触碰到彼此底线的行为，所以没有什么分开的理由；二是因为男方对小青很好，虽然不太懂浪漫，但总能够在言语举止间让她感到幸福。但是没办法，人无完人，就算感情再好，当遇到实质性问题的时候，也未必就能挺得过去。

没有共同话题这一点让小青开始有了很多的思考，她发现所谓的门当户对其实指的并不是两个家庭的财富实力，而是两个家庭带给两个孩子的不同的教育方式和人生指引。而这其中的差别，会直接影响到两个人日后的交往，决定他们的日子能不能过到一起去。

所以其实我们大家真正在追求的所谓的"门当户对"不是财力和地位，而是精神上是否能够相配。钱不够可以一起挣，职位低可以慢慢努力提升，但聊不到一起去，连观念都不一样的两个人，才真的是强扭的瓜，无论如何都甜不到哪里去。

有句话说得好："和一个人结婚的意义，并非是你选择了某一个人，而是你选择了某一种生活。"

后来小青跟我说："我很感谢这段十年的感情带给我的全部，感谢有一个男人愿意不离不弃陪在我身边如此长的时间。但是直到现在我才明白，我们之所以能在一起这么久，不光是因为我们坚定的爱情，还因为那些年处在学生时期的我们根本不懂得生活的艰难和意义，因为我们还小，所以感情中的很多问题并没有在我们身上暴露出来。幸运的是，我们爱了很久。但不幸的是，爱了那么久的我们，可能终究还是要分开。这不是因为他是否有钱，他的家庭是否有势，而是因为我无法忍受两个人说话说到一半就进行不下去的感受。我听不懂他说什么，我说的他也并不感兴趣。这看似是件小事儿，但亲身经历的人一定会知道这有多么的重要。所以如果有一天，我们真的要分开了，那一定不是因为我不爱他，而是我们都需要去找到一个更适合彼此的人，一个可以在精神层面相互匹配的人，一个能懂得对方的人。"

我写下这篇文章的时候，他们两个人还在一起。未来会怎样，没有人知道。但不得不说，成年人的爱情真的不是我们小时候玩儿的过家家，现实中的恋爱和婚姻有时候是一件很残酷的事情。

我私心里想，小青她真正需要的不是一个家财万贯能让她穿金戴银的男人，而是一个愿意并且能够和她一起追求人生意义的人。两个人在一起，应该是一场相互的成全和彼此的仰视，而非没有原则地迁就和掐死理想。

爱情是不讲道理的，它不会让你只爱上那个合适的人。但婚姻不一样，那是比爱情要复杂千百倍的东西。我不赞成没有爱情的婚姻，但不合适的两个人强行进入婚姻，也只会制造出短时间内的激情罢了。只有一个合适的人，才会让你真正感受到舒适。

愿我们都能遇到那个和自己在精神上相配的人，
愿你我都能找到真正的"门当户对"。

"我多想一直陪在你身边"

真希望今生和我们做家人的他们，来生，还在你我身边。

    爷爷奶奶去世得早，姥姥姥爷几乎就成了我对隔代亲的全部记忆。

    姥姥家楼前有两排梧桐树，打我记事起就枝繁叶茂。每到夏天，遮天蔽日的梧桐树是人们纳凉的好去处，几十年过去了，不管旁边的道路和门店怎样改变，那两排梧桐树仿佛可以永远屹立不倒。

    姥爷是个老公安，有着老党员固有的廉洁正气，他从来没有利用过自己手里的权力为自己或儿女谋过利，他也是一个不愿意过多表达自己情感的人。小时候我总是觉得他很严肃古板，不想跟他多讲话，除了，过年拜年发压岁钱的时候。我跟姥姥很亲，她对整个家庭的每个人都很温和照顾，记得我上幼儿园时最爱吃姥姥蒸的肉龙，每次都要吃撑了肚子才肯罢休。

我家和姥姥家隔得有十公里远，小时候每到周末，我们一家子都要坐上很久的车去姥姥家，和姥姥姥爷，还有两个舅舅，两家人一起聚餐，这好像已经成了一种习惯的仪式。只要全家人一个不少地坐在一起，就很好，说什么做什么都不重要。

我到现在都能记得姥姥家饭桌上那些经常出现的味道。因为有亲情的交流，又有一大桌美食，小时候的我对这种热闹的家庭聚会特别向往。

后来，到了青春叛逆期，我对十几年的家庭聚餐模式开始渐渐厌倦，感觉桌子上总是那几道一成不变早就吃腻了的菜，而且除了坐在一起吃饭，大人们好像也没有什么其他的娱乐活动。那个时候的我，好像更愿意跟自己的朋友相处，所以那个我曾经喜欢得不得了的聚会，那时对我来说已经没有吸引力了，甚至让我感觉有些无聊。

从高考到现在已经又过去有些年头了，我基本都是在异乡度过，和亲人们聚少离多。我从一个青涩的、事事需要照顾的孩子

变成了一个可以独当一面的大人。

　　而中间这些年的时间里，姥爷做了几次心脏搭桥手术，即便这样，状况还是越来越糟，住院抢救的频率越来越高。姥姥一直都有糖尿病，但一直控制得还不错，没什么大碍，直到六年前一次突如其来的车祸，生生地把她的命运轨迹改变了。

　　当时姥姥全身多处骨折，还好性命算是保住了，但恢复之后走路再也离不开拐杖，反应也变得迟钝，身体大不如前。可姥姥实在是照顾人照顾惯了，即使行动不便，她也要尽可能地多做家务。每次一家人回去，她都非要拖着不便的身体亲自下厨做饭。儿孙们到家里的聚餐是传统，但对她来说，是节日。

人长大了，对故乡家人的眷顾也越来越深。每次回家看到家人日渐苍老的脸我总是会有很多感慨和自责。

一个月前，我找了个周末临时决定回家看看，电话联系家里之后，妈妈告诉我姥姥的身体状况最近急转直下。我回去看她，她身体很虚弱，生活已经不能自理，意识时而清楚时而模糊。还好，在我回去看她的那天，她认出了我，叫出了我的名字。直到那一刻我才知道，原来人老了之后，连"记得"都是一件奢侈的事情。我好害怕，害怕下一次我回去看她的时候，她已经记不起我是谁了；我好害怕，害怕我还来不及见她下一面，她就离开我了。

回到北京没几天，妈妈打电话让我帮姥姥买个轮椅。我为能有机会尽那么一点点孝道感到一丝欣慰，而我又不愿意接受姥姥即将离不开轮椅的事实。

之后趁着一个小长假，我又回去了一次。我为这种短暂的见面感到高兴，也恐惧。那时候，姥姥在前不久病情好转后出院回家了，可她平日总是说下腹痛，带她检查才发现得了阑尾炎。

阑尾炎对正常人来讲本来是个小病，可姥姥意识经常模糊，没有第一时间发现她的病情，到医院检查后才发现她的阑尾已经溃烂，不可以手术，暂时只能保守治疗，每天打吊瓶不能进食。即使以后可以手术了，按照她的体质也会有很大危险。由于身体里的炎症，姥姥经常会发烧而失去意识，要么说胡话，要么大小便失禁，而在她情况稍微好点时她只能感觉到饿和疼。

姥爷是个不善于表达自己情感的人，但看到陪伴自己六十多年的老伴儿如此生不如死，也哭了。

就在我写下这篇文章的前一天，姥爷实在顶不住这种情感上的煎熬和压力，又一次犯了心脏病被送进了抢救室。我很难想象姥爷的心情，看到相伴一生的爱人在煎熬中一天天接近死亡，而自己也随时可能要告别这个世界，我不知道那到底是怎样的一种感受。

他会想起他和姥姥初相识的情景吗？他会想起他们的三个孩子诞生的时刻吗？在他的脑海里，哪些关于姥姥的片段是挥之不去的？如果姥姥走在了他前面，还有什么盼头可以支撑他活下去呢？

想到这里，我感受到种种复杂又深邃的情绪。

如果这时候还要坚持自己是个无神论者，那只会更悲伤，但如果那些宗教描绘的是真的，人死后灵魂真的可以投胎或去往另一个世界，那么那天的到来就是让人告别痛苦和恐惧，也许这是一个充满希望的新开始。

从来没有什么宗教信仰的我，这时也不禁希望那些因果轮回可以成真。

虽然，他们都是特别平凡的人，没有过多少轰轰烈烈，但也在他们所处的时代本分踏实地走过了这一生。我知道，也许那天对他们已经不再遥远了，但我相信他们一定会有个好的去处。

门口的梧桐树那日渐粗壮的年轮，终有一天会停止生长。而那已经习惯了二十多年的聚餐，也终将会在未来的某一天，定格成我心中无可替代的纪念。

真希望这世界上没有"死亡"这回事儿。

真希望今生和我们做家人的他们，来生，还在我们身边。

我们什么时候才能说到做到

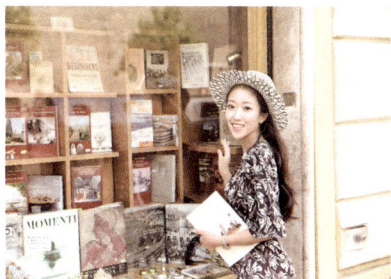

好的爱情是，你不需要对我说什么，但我知道你不会离开我。
真正对自己负责的态度是，认准了方向，即便一路走得跌跌撞撞，
也依旧眼神坚定地行走着，并且竭尽全力。

电影《不夜城》里有句话说："这个世界上有两种人，骗人的和被骗的。"

那么，和所有的"骗局"一样，这个世界上有两种承诺：一种对别人，一种对自己。你说哪一种比较容易兑现呢？我想了很久，也没有想出一个准确的答案。我并不排斥承诺，也相信人们许下诺言的时候也都是发自真心，并认真去遵守的。但也有的时候，我们好像都习惯了顺应当下的某种情绪，脱口而出一些这样那样的誓言。所以那种承诺更像是我们对自己或者跟对方的一场温柔的较量。

"谎言说得太美，分辨不出真伪。把寂寞堆一堆，忘了需要防备。"

你有没有发现，每段爱情大都是从承诺开始的：

"我爱你，我会一直爱你的。"

"相信我，我会一直对你好的。"

"我都已经遇到你了，怎么可能会再爱上别人？"

"我是认真的，我们是冲着结婚去的。"

打爱情开始的那一天，我们就在有意无意地承诺别人，也相信着对方口中的永远。

男人还好，往往女人在一段感情里都特别喜欢问这样的问题——

"你爱我吗，你会一直爱我吗，为什么我觉得你没有从前爱我了？"

你看，表面上好像是在质问，但实际每个在问这种问题的女人都在寻求一个符合她们心理预期的答案，也就是男人的那句"我会一直爱你"的承诺。

这样看来，有些承诺并不一定都出于主动，而是对于试探的一种礼貌回应。有些人会说："他连一个保证或者承诺都不肯给我，那他还有脸说他爱我？"好像也没什么错，哪个女人不喜欢

听甜言蜜语呢，大多数女人都觉得可以从这些话里获得安全感。就像电影《好想好想谈恋爱》里那句台词说的："承诺是男人给女人的定心丸，吃了之后就会安心。虽然这定心丸的药性有待考证，但女人都希望吃了再说。"

瞬间被截中，可是转念一想，在爱情里，语言上的承诺是最苍白无力的，它可以随时说出口，也可以在任何时刻被收回。

你有没有发现？好像一直以来人都有一种惯性思维，就是在一段破裂的感情中，我们惯于会批判男性，因为女性是感情里相对弱势的一方，所以只要结局不完满，那么责任更大的一定是那个男人。可是，女人就都是说到做到，信守承诺的吗？我们口口声声地说自己不再作了，不再耍小脾气了，不再翻旧账了，不再冷暴力了，但当矛盾产生的时候，这些承诺还是一样都忘了。

在承诺面前，谁也没有比谁伟大多少，我们都习惯了，说说就算了。我们总是要求别人信守承诺，可是我们自己呢，我们对自己许下的那些承诺，我们兑现了吗？

我们每天嚷嚷着减肥，说什么"吃完这顿，明天我真的不吃了""不吃饱了，哪有力气减肥啊"，我们总是会给自己的没毅力找各种各样的理由，然后还安慰自己何必受罪。可当我们看到别人的腹肌和匀称的身材时，我们又会抱怨为什么当初就没有好好坚持每天做50个仰卧起坐，为什么花了几千块钱办的健身游泳卡只用了几次就被丢到了抽屉的角落，又会再来一次"明天我就要开始减肥了"的死循环。

我们总是会在每一个阶段的开始给自己设立目标，誓死要说到做到，可之后呢，我们仍然在拖延和懈怠。曾经看过一句话："最怕你碌碌无为，还安慰自己平凡可贵。"我们每天嘴上说得好听，可落到行动上就一招打回原形。说好了一天要背30个单词，我们在承诺的时候都觉得是小菜一碟，但坚持不了几天大部分人就都纷纷认尿了；说好了要坚持每天敷一张面膜，可睡前总是偷懒，"哎呀，不差这一天，明天再敷也差不了多少"，然后我们永远都在羡慕别人的肌肤多么好。

我们对自己说一定要按照自己的意愿选择喜欢的专业和工作，可是别人随便一说，我们就变成了墙头草，忘记了自己想要的究竟是什么。我们答应自己一定要找一个真心相爱的恋人，可迫于现实的压力和父母的催促，我们也开始变得无所谓，变得只注重对方的家庭和条件。我们对自己说，这段感情一定要好好珍惜，可当矛盾和问题产生的时候，我们就又开始患得患失，想着应该换个人试试。

你看，我们对自己的那些承诺不过是说说而已，我们凭什么要求别人对我们说到做到，绝不反悔呢？

承诺这东西，真的很悬乎。说起来轻巧，要办到却很难。

你知道吗？岁月能够风化许多坚硬的东西，也包括承诺。

所以现在的我，不会让别人轻易地承诺些什么，也不会轻易地对自己或者对他人保证什么，除非，我确切地知道我可以做到。

真正好的爱情是，你不需要对我说什么，但我知道你不会离开我。

真正对自己负责的态度是，既然认准了方向，那么即使一路走得跌跌撞撞，但还是有勇气站起身来抖抖身上的尘土，依旧眼神坚定，知道自己想要什么，并且竭尽全力。

承诺不应该是习惯性的谎言和骗局，它是一种特别美好的东西，而美好的东西是不应该被随意对待的。说了就去做，别让失望变成我们人生的常态。

人生哪有那么多的"来日方长"

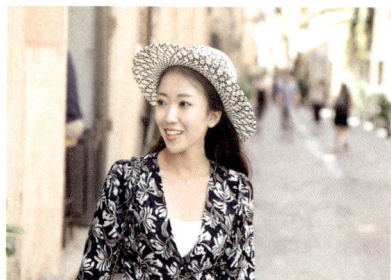

我们总以为会有好多个"来日"让我们"方长"，
但实际上，人生中的如愿以偿是少数，万万没想到才是常态。
只是往往我们都要在经历过失去之后，才会真正懂得珍惜的意义。

有些话有些人，并不是一成不变的。喜欢的或者抱歉的，时间也许并不会，永远给你明天。

好像我们都不惧怕来不及，因为有很多人告诉过我们没有什么是来不及的。然而也只有等到我们后悔的那天才会发现，这个世界上其实有很多东西，是经不起等待的。人生也不会给你机会，让你重来。

我们都是一群特别擅长等待的人，我们习惯了被动，习惯了不勇敢，我们都不愿做干净利索主动出击的那个。我们嘴上说着敢爱敢恨，可行动却总是背叛语言。

　　面对不喜欢的工作，我们在等，不敢轻易放弃，因为对于未知的恐惧，所以我们得过且过，并没有按照自己的意愿生活。等着等着我们就错过了很多可以重新选择人生道路的机会，也会因此走到完全不同的方向，再扭转就更加困难。

　　遇到想要在一起的人，我们不敢把喜欢说出口，心想着至少还可以当朋友，何必要捅破那层窗户纸，还不如把感情埋在心里。我们假装并不爱的样子，我们隐藏，不敢张扬。然后等着等着，就把那个人等成了别人的另一半。而在那之后，就算你再悲伤难过，也早已无力回天。既然当初你选择了"等"，既然你不着急，那你就必须接受可能让你感到后悔的结果。人生就是这样，我们总在不断的磨砺中学会为自己的所作所为埋单。

　　面对家人，我们总是学不会在每一个当下尽孝，我们永远羞于表达。和恋人之间轻易能说出口的那句"我爱你"，往往却很难说给父母听。我们去遥远的地方工作，一年到头很少回家，我们心想着等自己再成功一点，总有机会可以去报答。可殊不知，我们成长的速度，总是赶不上他们衰老的速度。

　　你知道吗？人生中每一件事情的发生，都不会事先跟我们打招呼的，它说来就来，并不会给你一点做心理准备的时间。我们谁都无法控制意外的发生，但我们却可以在每一个当下学会珍惜那些我们深爱的也爱着我们的人。

　　子栎和我年龄相当，父母也差不多都快五十岁。一个月之前，我突然看到她发的一条朋友圈："爸爸，你就这样走了，你舍得我和妈妈吗？我还没有来得及好好尽孝，我还没领你去看极光，我甚至都没在病床前守你到最后一秒，你就这样走了。爸爸，我好想你，你在那边一定要快乐。下辈子，我们还做父女，好吗？"

　　她的爸爸因为一场车祸，抢救无效离开了人世。直到现在，她还是每天都会在朋友圈发几句话来思念她的爸爸。我无法完全体会那种失去至亲的痛苦，但我知道对她来说是人生的灾难。

　　可是，生活就是这样的，我们谁都不知道明天会发生什么，我们都不敢保证那些意外一定不会发生在我们的身上。所以在它们都还没有发生的时候，我们能做的，就是珍惜，用力珍惜。

　　想给爸爸买件羊绒大衣，别等；想给妈妈买去皱眼霜，别等；小长假是一个人留在外地还是回家，别等；给他们洗脚捏背说说甜腻的话，别等；相聚和意外哪一个先来，谁也不会知道，所以，别等。

　　曾经有一位士兵，他爱上了公主，为表示对公主的真心，他愿意在窗前等候100个夜晚，直至公主愿意将窗打开。1天，2天，10天，20天，窗户始终没开，而士兵也日渐消瘦，当等到99天时，士兵黯然离开。

你总想着再等等，总有机会的，可你真的不害怕会错过，会来不及吗？林俊杰那首《可惜没如果》里唱道，全都怪我，不该沉默时沉默，该勇敢时软弱。我们都一样，习惯了什么事情都拖着，我们安慰自己会有更好的时机，可太多的事情告诉我们错过是一件多么容易的事情。

我们总喜欢和别人说"来日方长"，好像我们真的会遵守承诺在某个来日和谁相聚或者重逢，只是说多了这句话的我们会发现，这四个字如口头禅一样其实毫无分量。说者无意，听者无心。我们总以为会有好多个"来日"让我们"方长"，但实际上，人生中的如愿以偿是少数，万万没想到才是常态。只是往往我们都要在经历过失去的伤痛之后，才会真正懂得珍惜的意义。但好在，我们不会在一个泥坑里跌倒两次。

《致我们终将逝去的青春》里有一句台词印象很深："别让我再等你，我怕我没有足够的勇气一直等在原地，更怕我们走着走着，就再也找不到对方了。"

来说一个真实的发生在我身边的事情。我有一位男性朋友栗之亦，性格内向少言寡语，喜欢一个人的方式就是默不作声地付

出。他喜欢一个女孩七年，两个人一直以朋友的关系相处着，那种关系就是我们说的"友情之上，恋人未满"，说幸福也幸福，说痛苦也痛苦。你说，哪有人不想把自己喜欢的人变成自己的伴侣呢，即使每天都可以见到对方，可还是要时刻提醒自己认清现状保持安全的距离。

我和栗之亦的关系很好，所以他经常会把两个人相处的细节讲给我听。时间长了我也就总是会有意无意地刺激他让他去表白，可能是天生性格的原因，无论我怎么说，他都不肯像个男人一样地迈出那一步。"你那么喜欢她，喜欢了那么多年，你甘心吗？你就不怕有一天她跟别人在一起了，你不会后悔吗？"这是我经常跟他说的话，可是每一次他都只会跟我说："关系这么好，万一被拒绝了，岂不是很尴尬，连朋友都没得做了。"

我就纳闷了，你喜欢一个人，当然要努力让对方成为自己的另一半，当朋友算什么，你就那么缺朋友？

后来故事的发展，我不说你们应该也会知道，电影里面的情节在现实中上演了。那个姑娘和另外一个男生在一起了，到今天两个人都还甜蜜地恋爱着。而我这个朋友，只会自己一个人看着对方秀恩爱的照片喝闷酒。七年，人生有几个七年，没有人会一直等谁的。

你知道吗？其实很多时候我们做不成一件事情，并不一定是因为我们能力不足、实力不够，而是我们缺乏勇气不够果敢。思考得太多看上去是为了面面俱到确保周全，可是人生哪里有那么完满的事情，做菜的时候需要讲究火候，做人处事恋爱也同样需要。

有些时候想得太多，只会让我们徒增烦恼，加重我们身上的包袱。我常常说，人生是需要魄力的。只要你知道自己不是冲动，那你就应该去做。不是所有的事情都要等到完全准备好才开始执行的，也没有人愿意一直尝试等待的滋味。等待和被等待，都不是件好受的事情。我们每个人都一样，都只有一次生命，下辈子的事儿我们谁都不知道，所以为什么不让自己大胆一点去尝试去表白去尽孝去完成，我可以很负责任地告诉你，很多事情，是来不及的。

这个世界上最可怕的事情不是失去，而是"如果当初……就好了"。

你见过凌晨五点的北京吗

你知道吗？这个世界上永远有一种人值得尊重，那就是在饱受了生活的苦难之后，依旧相信生活，依旧能够勇敢地站起来，掸掸身上的尘土，然后说上一句："没关系，从头来过。"

王小波说过这样一段话："那一年，我二十一岁，在我一生的黄金时代，我有好多奢望。我想爱，想吃，还想在一瞬间变成天上半明半暗的云。后来我才知道，生活就是个缓慢受锤的过程。人一天天老下去，奢望也一天天消逝，最后变得像挨了锤的牛一样。可是我过二十一岁生日时没有预见到这一点。我觉得自己会永远生猛下去，什么也锤不了我。"

二字当头，一个被认为年少轻狂的年纪。我们经常被说成"不知天高地厚"，我们总是被教育要活得现实一点儿，要看透这个世界的艰难和险恶。我们每天都在听着来自四面八方的人生道理，信着也排斥着。

　　我是一个从小到大只拥有一个事业理想的人，二十多年从来没有改变过。我希望自己成为一个声音者，一名优秀的主持人，一个会说话的人。我一直觉得声音和语言是这个世界上最有灵性的东西，它有生命，不会陈旧，永远蕴藏力量。

　　我也和很多人一样，有过不被理解和肯定的阶段，他们说这不是一个能带来金钱和安稳生活的行业，竞争太激烈，想要成功或者出头简直就像中彩票一样是小概率事件。我也曾经受到过这些所谓忠告的影响，对自己的选择产生过怀疑和不确定。然而到最后，当自己真正对一件事情充满热情，任由别人泼你多少冷水设置几重阻碍，你也不会妥协或者让步。

　　我出生在东北的一个沿海城市，现在生活在很多人拼命挤进又奋力逃离的北京。

　　母亲告诉我，很小的时候，我就对自己说长大了要去北京。其实那会儿我还是一个什么都不懂的小孩，只觉得北京很大，有很多了不起的建筑和高楼大厦。后来长大了一点，听人说那里有特别多的机遇和挑战，是一个可以给你理想也掐死你理想的地方。

　　我觉得神秘，也好奇。

2015年夏天，我终于在自己二十二岁这一年，来到了北京。
我从事着自己喜欢的职业，辛苦也幸福。

比想象中的地下室好很多，我有一个还算不错的落脚处。虽然是一间并不敞亮的出租屋，但我真的很满足。追求理想的人，哪里会害怕辛苦。而我也清楚，来到北京的人，每一个人的内心都绷着一股劲儿，证明给别人，也给自己。

我开始慢慢融入这座城市，生活也开始步入正轨。
尽管我并不知道，将来会发生什么。

为什么非要选择北京？这个问题我问过自己无数次。我想是为了达成小时候对自己的承诺，也是为了弥补大学时期阴差阳错南下求学的遗憾。也许和大部分北漂的人一样，根本说不清楚自己到底为什么喜欢北京。

七八万一平方米的房子，饮食消费都比小城市翻上一倍的价格，早晚高峰密不透风让人无法喘息的地铁，一个月里三分之二的雾霾天。是这些吗？当然不是。但我和所有来到这里的人一样，嘴上抱怨着，可心里却欣然接受。年轻的时候不吃苦不遭罪，难道要等到五六十岁人将老矣再受累吗？

相比那种一成不变的稳定安逸的生活，我更愿意在年轻的时候去体验多一点的未知，甚至是惊险。我想逃出自己的"舒适区"，看看在那些按部就班的命运之外，我还有没有更多的可能。因为年轻，所以不怕从头再来。人总要在不断的试错中成长，年轻的好处就在于，有机会去纠正错误。

我们喜欢北京，喜欢的是那种感受。这就跟你喜欢一个人是一样的，别人问你为什么喜欢，你总是很难给出一个确切的答案。但你知道，就是那种感觉，对了。

好像只有在北京，我才能特别真实地有那种人活一遭没有白来一场的感受。只是觉得在这里机遇更多，所以好像成功的概率也会大一点。尽管现实往往是，我们把自己撞得头破血流还嘴硬得不肯认输。

可就算知道会过得很辛苦，就算做好了搭上几年青春却一无所获的准备，也许努力的最后并不一定能迎来满意的结果。但，我们还在特别用心地努力着。没有任何一个人希望，自己的理想，只是一句过过嘴瘾的空想。没人希望。

我不知道你有没有看过你所生活的这座城市凌晨四五点钟的街道。我看过，不止一次。

我看过扫街的环卫工人穿着厚重的棉服，拿着扫帚一丝不苟打扫的样子；我看过卖煎饼的大叔骑着那辆破旧的三轮车，冒着寒风按时出摊的样子；我看过天还没亮的时候，就有人赶着第一班公交车，打着哈欠去上班的样子；我看过那些深夜买醉的人醉醺醺地走在柏油马路上寻找回家方向的样子。

这些，我都见过。

你看，那么多人都在努力地生活、工作，尽管辛苦，却知足。

他们当中，有人开心地呼喊着生活万岁，也有人默默隐忍着生活的苦楚。

这些人，是你，也是我。

　　然而也只有在这样静谧的时间里，你才会发觉，你所生活的这座城市是属于你的，你是真真切切地生存在这片土地之上。尽管在这里你还买不起二环三环的房子，买不起心仪了很久的那辆白色SUV，尽管你还没能成为这座城市的佼佼者和人上人，尽管你还是每天会因为做错事情而被上司责怪被同事误解，但你还是可以在这些凌晨的城市缩影里，看见活生生的那个自己。渺小而薄弱，但没有人可以否定或者忽略你的存在。至少，你不可以。

　　所以，我很少会去抱怨生活给我的折磨，或者产生丝毫懈怠的情绪。因为我知道这是我自己的选择，就算有再多的苦难，也要咬紧牙关。因为我明白，逆境才是我们每个人人生的常客，顺遂只是偶尔出场的配角。

　　我们都害怕努力过后，却还要哭着认输。

　　我是在异乡漂泊寻找希望的人中的一个，和那些已经饱经生活磨砺的人不同，我才刚开始我努力奋斗的生活，所以还有余力，还总是好胜逞强，还有咬牙切齿坚持的力量，和依旧相信会有所作为的决心。我也不知道努力过后的结果会是什么，但就算失败，也还是努力着。因为我清楚地明白，哪怕失败，也是一种获得。

其实，我们每个人都知道，自己可能会跌倒，可能会一塌糊涂狼狈不堪，会被现实打击，被生活磨掉梦想。但尽管这样，我们每个人都还在很努力地，活得更好看一点。我们绝望着，但却也一直满怀希望。

我经常也在想，我们那么努力，究竟为什么？

后来我发现，我努力工作并不只是为了让父母过上无忧的生活，并不只是为了让自己的后代可以有舒适的生活环境和物质条件，并不只是为了让自己那么多年的付出得到一点真实的回报。我们并不只是为了这些，而更重要的是，我们需要给自己的生命一个交代，一个问心无愧的交代。因为很认真地努力过，所以不管结果如何，我都认了。

我们那么努力，从来都不是为了活成别人眼里所期待和羡慕的样子，而是为了对得起自己。

我们都是努力着的人，所以即使很辛苦，即使每天早上来不及喝上一口温水吃上一口面包，即使日复一日地挤着地铁公交被身边的那双高跟鞋踩到，即使总是犯错被同事嘲笑被老板责怪，即使除了这些还有那么多的不容易，但我们都还是坚持着、努力着。我们不服输，我们总是相信，努力就一定会得到满意的结果。

　　我们蜗居在这座城市小小的一房一厅里，拥挤也狭窄，孤独也害怕。可每天我们还是会定好闹钟按时醒来，我们相信持续不断地努力会让自己离梦想更近一点。我们害怕未来的某一天，也会为自己的失败和无能而寻找开脱的理由。我们害怕未来的某一天，我们会质问当初的那个自己，为什么，为什么不能再努力一点。

　　在我们周遭，有形形色色的人，他们过着截然不同的生活。

　　有人拎着假冒的LV包包，有人全家移民到澳洲定居。有人总是一副邋遢的样子去市场买菜，有人化着精致的妆容去国贸的写字楼谈合作。有人吃路边摊，有人吃米其林。有人每天乘着公交三点一线，有人昨天刚刚去了南极和企鹅亲密接触。

我并没有说哪种生活不好，因为每一种生活状态在某种程度上都值得歌颂。但我们必须要承认，在这些人里，我们除去那些含着金汤匙出生的富人家的孩子不说，生活得更好的那一个，往往总比另外一个更努力地工作。他们不是只会花钱，他们其实一直在很努力地赚钱。

如果是你，你想要过哪一种生活？你希望你的孩子出生在哪一种家庭，你希望自己父母的晚年在怎样的环境里度过？

我不过问你的答案，但我知道，你一定有一个特别明确的选择。

也许你觉得自己比上不足比下有余，虽然买不起老佛爷里每一款喜欢的名牌包包，但偶尔也可以狠心买下一个换季打折款。也许你没有多么渴望过奢华的生活，你只期望一家人整整齐齐，轻松惬意。那么我问你，给你那样高质量的生活，你要吗？

我们所生活的世界就是这样的，你不做对比，就很难找到比从前更努力的理由。这里说的，不是攀比也不是虚荣，而是我们只有看着那些比我们更优秀、生活得更好的人，我们才更有动力和目标感。

不是有句话说吗："正在努力奋斗的人最可怕的地方就在于，他们过着比你好千百倍的生活，却还不满意自己的现况，然后依旧孜孜不倦地努力着。"很多时候，我们对于自己的现状满意，只是因为没有对比。你以为自己已经很努力了，可其实还有一些人，比你更努力。

我们生活的社会里，有人成功，就一定有人失败。如果你不想成为垫脚石，那就别怕粗糙坚硬的现实。没有深夜痛哭过的人，不足以谈人生。没有体会过生活苦难的人，不会知道努力到底意味着什么。

说到这里，可能有人会站出来质疑我。

有钱的人生就是成功的人生？一定要周游世界全身名牌才是完美的人生吗？

我曾经也觉得，人并不一定要大富大贵，吃饱喝足就已经不容易了。

但后来身边越来越多朋友的例子和新闻里的真实事件让我越发清晰地意识到，我们在一天天长大的时候，我们的父母真的就在一天天地变老。我们没有人敢保证，以后的他们不会生病，不会在生死之间经历几次徘徊。这种情况不是个例，它有可能发生在我们每一个的身上。

而治还是不治，怎么治，治多久，这些都和一样东西有关，不是孝心，而是钱。

我们谁也不想当自己的父母经受病痛折磨的时候，自己只能手足无措地眼睁睁地看着他们受苦。所以，我们需要钱。所以，我们需要付出持续不断的努力。说到底，我们并不是为了过多么荣华富贵的生活，那些东西死的时候又带不走。我们真正为的，是在自己爱的人需要帮助的时候，可以有能力解决而不至于干瞪眼瞎着急。

我们努力，我们赚钱，不是为了炫耀，而是为了，爱。

说到这里，我有一个问题，你知道自己父母的梦想吗？你真正了解过吗？他们曾经为了我们过了很多的苦日子，他们省吃俭用只为了让我们过得更体面一点，难道我们就不想让他们好好地享受后半生吗？难道在他们生病或者需要用钱的时候，我们一分都拿不出来，才是对他们的回报吗？

我们努力地生活和工作，是为了让自己在这个躁动的世界里不慌不忙，是无论发生什么都能够轻松地应对，是为了对得起父母曾经对我们的付出，是为了，我们能给自己最好的，也能给家人最好的。

马丁·路德·金在他的自传里说过这样一段话：人生最痛苦的事，莫过于不断努力但梦想永远无法实现，而我们的人生正是如此。令人欣慰的是，我听见时间长廊另一端有个声音说，"也许今天无法实现，明天也不能。重要的是，它在你心里。重要的是，你一直在努力。"

这个世界的每一个角落，都有人正在奋斗。成千上万如你如我的年轻人都在和我们一样努力地生活着，偶尔的失意潦倒又算得了什么。你知道的，只有努力，才不会让自己轻易地被别人打倒或者看不起。

你知道吗？这个世界上永远有一种人值得尊重，那就是在饱受了生活的苦难之后，依旧相信生活，依旧能够勇敢地站起来，掸掸身上的尘土，然后说上一句："没关系，从头来过。"

就如同现在的我，当我感受着生活赐予我的微甜，我更知道，原来，这就是努力之于我们生命的意义。

愿你和你的梦想相安无事，在无法预测的未来里。

愿你和你的梦想修成正果，躲过风雨霍乱。

我是蕊希，谢谢你陪我到这里

这是这本书的最后一篇文章了，

谢谢你，一直读到这里。

写这篇文章的时候，刚好立冬，在微博评论里，我收到了这样一条留言："蕊希，天冷了，但是你暖啊。"

这本书的最后一篇，我想了很久，要写点儿什么。

看到这句话的一瞬间，我决定写一些一直以来想对你们说的话，我想把心底里对你们的感谢，写下来。

我常常在想，我是拥有着怎样的好运气，才能让我遇见你们。我们素未谋面，彼此不知道对方的样子，但却在每天晚上的那段相同的时间里相互陪伴着。我们就像认识很长时间的老朋友那样，说着各自生活里的苦辣和欢愉。

刚刚失恋的男男女女、异地恋的小情侣、身在异国留学工作的年轻人、已经成家立业的夫妻、哄宝宝睡觉的妈妈、在中国读

书现在回国了的外国朋友，甚至还有听众告诉我的坐在公交车上
听我节目的老奶奶……所有的这些人，一起创造了这个叫作"一
个人听"的地方。

　　我知道，这个世界上并没有多少人能够一直在做自己喜欢
的事情，所以我很庆幸我是那个抽中了上上签的孩子。这个
"上上签"不是因为我有多大的成就，而是对于我可以按照自
己的意愿生活着这件事儿，感到无比的幸福。我一直都相信，
声音是有力量的，它和气味一样，是会带给人感受的。而我希
望我的声音，有温度、能治愈，可以让人暂时从纷扰中跳脱出
来，寻得一种平和。

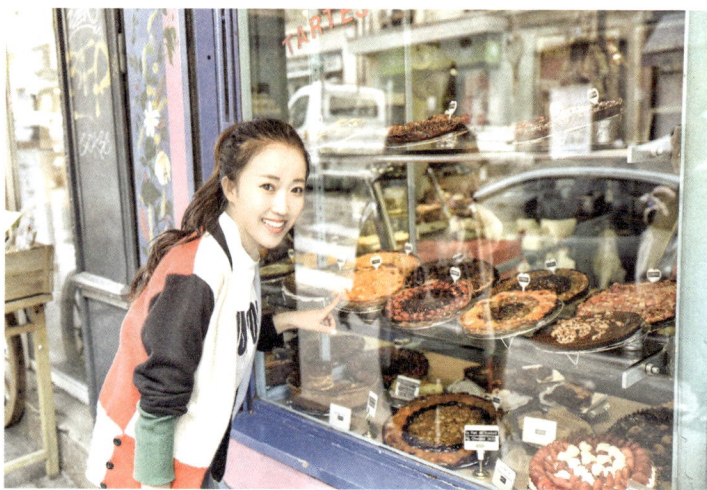

我一直跟自己说要做一个温润、赤诚且有趣的人，要专注地去做一些能让别人感到快乐和温暖的事情。曾经也有人问过我："蕊希，你为什么要做这样一档节目，你每天说那么多情感的事儿，不会抑郁吗？"哈哈哈，真的，有时候我也觉得自己挺矫情的，但我知道，懂的人一定会知道，我真正想要传递的究竟是什么。我记得有一位听友曾经跟我说过："刚开始听你的节目就觉得这是一个情感电台，后来才发现，其实最合适它的标签是'治愈'。好像你口中的很多故事都很悲伤，但实际却都透着一股子让人有勇气生活得更好的正能量，然后心里的伤口就跟着你的声音和故事，慢慢愈合、结痂、开出花儿来。"

我从来都不觉得自己的节目有多好，因为真正好的，是每一个在听我说话的你。是你们让我慢慢拥有了这种治愈自己和他人的能力，是你们让我感受到，被懂得是一种多么大的幸运。

很多人问我为什么会做"一个人听"，我说因为我们每一个人都生活在这个充满善良但又险恶的世界里。我们都受过伤，但也都学会了把它们变成温润的力量。我们都在很认真地努力着，我们都渴望被人读懂，也希望能够摆脱孤独。所以我创造了这样一个地方，试图给我们的情感寻到一个出口。我希望在这里，我们能变得淡然、平和，懂得如何让自己生活得快乐。

最开始做这个节目，是因为那时我失恋了，对于过去的人过去的感情都没那么容易翻篇，喜欢回忆喜欢幻想。那时候，我每天都生活得很痛苦，我第一次知道分手是一种什么样的感受。那种突然之间的抽离，让我原本一切都很美好的生活，变得连我自己都无法接受。我想着要给自己的这种情感找一个出口，我不能总是处在这样一种低气压的状态里，所以，就有了这档节目。我说自己的故事，也说别人的故事，一来一回之间，也就开始能够对那些得不到的东西感到释然。

也就是从那时候我发现，其实这个世界上从来都不缺少孤独的灵魂。我们承认这个世界的美好，但我们也必须承受它的冰冷。我们日复一日地工作、学习，我们朝九晚五，我们乘地铁公交，我们穿梭在各自的城市里，远离家乡，一个人努力地生活着。我们也有交心的朋友，但人生就是这样，那些最大的苦难总还是要靠自己一个人消化和扛过。

我开始意识到，温暖和陪伴在我们的生活中有多重要。

我们所生活的这片土地上，每天都有人恋爱、结婚、生下可爱的小宝宝；每天都有人在持续不断的坚持和努力之后，达成目标，实现事业上的晋升，取得更高的成就；每天都有人被琐碎生活里的小惊喜感动，快乐地过着当下这一天的日子。可

是，没有长久的痛苦，自然也没有不会间断的幸福。我们都会有感到孤单、害怕、悲伤、无助的时候。而在这样的时候，我们都特别希望身边可以有一个人告诉自己："没关系，有我在。你的痛，我懂。"

明天和意外哪一个会先来，我们谁都不会知道，这句话时不时地被我们念叨着。我了解那种突如其来的分别所带来的伤痛究竟有多大，我也深知重要的人在一瞬间和自己背道而驰是一种怎样的难以接受。所以我想要做你们的那个永远站在固定的地方，等待着你们的人。不管你的世界发生了什么，只要你需要，我就是一个愿意跟你一起承担艰难、分享欣喜的人。你可能会在生活的重压之下暂时地迷失自己，你也可能会突然面对一个人的离场和一段关系的分崩离析，但我想让你知道，我一直都在，在那个叫作"一个人听"的地方，我们一起抱着对方，相互取暖。

我想要做这样的一个懂得你们的人，
我想要让每一个听到我声音的人知道，你不是，一个人。

我记得曾经收到过一位粉丝发来的留言，是这样说的："如果把不听'一个人听'算作出轨的话，那我这辈子都不会出轨，一定。"我不知道该怎样形容看到这段话时我的心情，但我很清楚地知道，这种情谊我会牢牢地记在心里。

"蕊希，明天我就要和我老公结婚了，祝福我们吧。"

"蕊希，我和我的暗恋对象终于在一起了，我们现在很幸福，你也一定要幸福啊。"

"蕊希，是你的声音陪我度过了失恋后最难过的日子，现在我已经放下前任放下过去了，我想我该好好生活，我相信我一定会遇到视彼此为珍宝的人。"

"我们终于结束了三年的异地恋，现在我们每天都可以见面了。以前我在深圳，她在北京的时候，我们每晚都会一起听"一个人听"，然后给你留言，我们打赌，看谁的评论能被选上，输的人就答应对方一个要求。现在，我们总算熬过最苦的日子了，我们现在每天都会一起躺在床上听你的节目，我抱着她，觉得一切都值了。"

……

这些，是我经常会收到的留言。每次看到这些美好的事情发生，我都由衷地为他们感到高兴。而我的幸福感，并不会比当事人少。这些幸福的发生和持续会让我知道，这个世界永远是那样的美好，永远有一个人值得我们为之等待。也让我越发相信，真诚对待爱情的人，也一定会被爱情回报以温柔。

　　一直以来有很多"一个人听"的听众会跟我说："蕊希，我听了你早期的节目，再听现在的，发现你真的一直在变化，开始的你好稚嫩，跟现在的简直没法比。"也有朋友跟我说："蕊希，你要不要把最开始那些节目删掉，你那时候说得真的好难听啊。"哈哈哈哈，其实我现在偶尔也会去翻翻从前的节目听，也真的会很抓狂地问自己，当初为什么要那样说话。（今天看了这段话，不知道有多少人会去翻我早期的节目啦，哈哈哈哈，好心痛。）

　　可是，尽管我知道，那个时候的节目没有现在的好听，我也不愿意把它们删掉。因为我知道，在它们中间的那些东西，就是我所经历的最真切的成长。

在"一个人听"，我认识了太多被感情伤透不再相信爱情的人，也认识了很多不管经历过怎样的捶打都不肯服输的人，而这每一个都是你，也是我自己。我们总能在别人的诉说里，看到自己，然后终于明白了那些别人口中曾经说起的道理。当我们不再计较，当我们更加懂得珍惜，我们也才会知道相遇和别离之于我们生命的意义。我希望"一个人听"在你我生命中扮演的角色不是强加，而是释放。

随着年龄的增长，压在我们肩头的东西会越来越多，我们想要扛起它们继续上路，就必须适时地放下一些曾经被看重的东西，也要学着跟过去那个拧巴而较真的自己，握手言和。我们要温和，要接纳，也要原谅。

我从来不愿为了追求所谓的爆文，而故意制造出什么样抓人眼球的观点，因为我知道，最平实最真挚的东西，才是最深入人心也最会带给人正能量的。我希望我们都能在"一个人听"成长成一个干净而内心更加强大的人，一个豁达而永远怀有善意的人，一个更懂生活，也更会生活的人，一个能让自己也让别人感受到快乐的能量的人。

我一直觉得人和人之间有一种特别珍贵的东西，就是"信赖"。我们当中的大多数人都在相对机械地度过每一天的生活，我们习惯了佯装出一副坚不可摧的样子，害怕暴露出自己身体跟灵魂里的脆弱。面对父母，我们总是报喜不报忧，生怕让他们感到担心和不安。面对朋友，我们也已经学会了适可而止地倾诉，生怕自己成为那个负能量的传播者。我们变得不动声色，开始不再把喜怒放在脸上。

所以，当我们愿意在某个人面前丢下所有的面具和伪装，撕开血肉模糊的伤口，露出骨髓深处的阴郁和惶恐，愿意把那些在无数个深夜隐忍着不说出口的故事一股脑儿倒出来的时候，那么那个人，一定是"安全"的，是被信赖的。

我很开心，我们成了彼此心中的那个"安全"的人。

从我做这档节目开始，我的人生就不再缺少故事，我发觉我的生命在一天天地变得饱满而充盈，因为我在不断地接收着你们讲述给我的颠沛流离、爱恨情仇。也正因为这些，我过上了除了我自己人生之外的，好多种人生。

一直以来，有很多听众问过我："现实生活中的你，是一个怎么样的人？你在节目里的状态总是很安静又带着点儿忧郁，可是微博里看你的生活和照片，又觉得你总是很开心，笑得很幸福。"插播一下我的微博：@蕊希Erin。哈哈哈哈，好跳戏。

其实，我也会问我自己同样的问题。后来想想看，其实这两个人，都是真实的我自己。一边感叹着现实残酷、爱情难寻，一边又愿意保持乐观地相信和探求着人生的美好。一边撕开伤口观察然后治愈，一边又像没有受过伤一样开朗坚强。我不喜欢伪装出一副节目内外完全一致的形象，而我也真的很开心你们能喜欢这样"分裂"的我。

不知道你有没有觉得，快睡觉的那段时间，我们总是异常脆弱，刚刚分道扬镳的恋人，暗恋了几年却始终不敢跨过朋友关系表白的对象，等了好多趟才终于挤上的地铁，白天因为工作失误而被训斥的低落，以及几个小时睡醒之后又要开始重复的生活，和那种还没有足够的能力给父母回报的压力，所有的这些感受都在睡前变得强烈，我们只能一个人消解。所以很多时候我都会觉得，你们每一个人都好像是我许久不见的老朋友，我们每天晚上都会跟对方唠唠家常，说说这一天的生活又经历了什么，然后隔着手机屏幕，给彼此一个遥远的拥抱，告诉对方："不管今天发生了什么，明天都要充满希望。"

我无比珍惜这种联结，也庆幸，原来在我们生活的这个星球上，一直都有那么可爱而纯净的灵魂。

当你们问我，"一个人听"会不会突然有一天就不做了的时候，我也不知道该怎样回复你们，因为我也无法预料即将到来的这一天，会发生些什么。我只能说，"一个人听"是我的信仰，所以我又怎么会轻易地就丢下它呢？我想活得有筋骨，有不会轻易动摇的信念。

我记得几个月前我收到过一条微博私信："蕊希，谢谢你让我有了继续生活的勇气。生命很宝贵，我不能因为一点儿命运的风浪，就失去了生存的渴望。"我不知道他经历了什么，但我确切地知道他曾经动过要结束生命的念头。我不敢说我是那个挽救了他生命的人，但我想至少，我成为那个把他拽回生死之隔那条线的人的其中之一。而这，就是"一个人听"存在的一种意义。

从我做这档节目开始，我从来就没有想过会有现在这么多人在听。一直以来我对自己的要求都是："哪怕只有一个人还在听你说话，你也要认真地把故事说好，把耳机那端的人当成是你最重要的人。"所以当我现在看着我的听众数量在一天天不断增长的时候，我知道，"一个人听"在影响着越来越多的人，而我希望我说出的任何一字一句，都能值得你们的等待。

我也从来都不奢望所有的人都喜欢我，喜欢"一个人听"，我甚至很感谢那些不喜欢和批评的声音，因为是它们让我变得永远比从前更好，也让我知道，那些喜欢和陪伴的宝贵。

　　我感谢每一位喜欢我，喜欢"一个人听"的你，是你们让我的生命更有意义，也是你们让我一直在做我热爱的事情。是你们让我知道原来从来没有见过面的人之间，竟然也会有那么多的真挚和温情，是你们让我们看到了每一个生命体的光辉和个性，是你们让我坚定地怀着一颗赤诚的心去做更多能够感染他人的事情。

　　这本书的最后一篇文章，写到这里，我泪流满面。

　　其实，写书这件事儿对我来说是一个特别大的挑战，我不是职业作家，我也不懂该怎样运用文字的技巧去让我的文章可读性更强。但我知道，这本书的每一字每一句，都是我真实感情的流露，都是我想要传达给你们的思想。这里面，不一定所有的观点你都赞同，但我想，当你看完这本书，我们会成为很好的朋友。

　　因为当我在敲下这本书中的每一个字的时候，我都把你们当成我最好的朋友。我想跟你说说我的近况，和这些年我所经历的爱和成长。

　　与其说这是一本书，不如说这是我送给你的一份礼物。
　　谢谢你，出现在我平凡的生命里。
　　谢谢你，让我平凡的生命，拥有了全新的意义。

　　我们一定会有机会见面的，等到我们坐下来聊天的那天，你就带上这本书，来和我交换一个你的故事。我相信，那个故事，一定比我说给你的，还要精彩很多。

　　这是我送给你的礼物，谢谢你收下了它，谢谢你拆开了它，谢谢你翻到了这一页，看到了我正在写下的，最后一句话。

　　或许以后我还会再出一本书，讲讲后来我所经历的人生和故事。真希望，那时候，我和你还能像现在这样坦诚相见；真希望，我们都成为自己更加喜欢的样子。

　　就让我们在彼此看不到的地方，各自努力地生活吧。

　　人生最不缺少的就是"可能"，

　　你猜，明天还有什么等着发生？

　　我们都会幸福的，

　　我相信，你呢？

蕊　希

● 有时，我真讨厌那些铁轨和航线，它让原本重要的

两个人拉开了距离，只能靠想象来填补时空的缺口。

爱能让人长出勇气来，不爱也是。一段失败的感情不应该成为你的阻力和软肋，而是让你生出更强大的力量，成为你坚强的铠甲。

● 在我们生活的城市里，好像到处都人满为患，表面看上去大家都成群结队，

但事实上，我们都在单枪匹马地生活着。

● 错过从来都不是过错，是成全。

● 愿我们永远满怀赤诚与善良，

愿你我都能在未来的时日里，

活成一个更坦荡也更值得被爱的自己。

图书在版编目（CIP）数据

愿你迷路到我身旁 / 蕊希著 . — 南昌：百花洲文
艺出版社，2017.5

ISBN 978-7-5500-2155-6

Ⅰ.①愿… Ⅱ.①蕊… Ⅲ.①随笔—作品集—中国—
当代 Ⅳ.① I267.1

中国版本图书馆 CIP 数据核字（2017）第 055997 号

出 版 者 百花洲文艺出版社
社　　址 江西省南昌市红谷滩世贸路 898 号博能中心 A 座 20 楼　　邮编：330038
电　　话 0791-86895108（发行热线）0791-86894790（编辑热线）
网　　址 http://www.bhzwy.com
E-mail bhzwy0791@163.com

书　　名 愿你迷路到我身旁
作　　者 蕊希
出 版 人 姚雪雪
出 品 人 李国靖
特约监制 何亚娟　王　瑜
责任编辑 周振明　邹　婧
特约策划 何亚娟　刘洁丽
特约编辑 刘洁丽
整体装帧 郑力珲
封面摄影 二中兄
经　　销 全国新华书店
印　　刷 北京中科印刷有限公司
开　　本 1/32　880mm×1230mm
印　　张 8.5
字　　数 160 千字
版　　次 2017 年 5 月第 1 版
印　　次 2017 年 5 月第 1 次印刷
书　　号 ISBN 978-7-5500-2155-6
定　　价 39.80 元